Nights of dreams
or nightmares
ELVAN SABATIER

Édition : BoD - Books on Demand, info@bod.fr
Impression : BoD - Books on Demand, In de Tarpen 42, Norderstedt (Allemagne)
Impression à la demande
Photographie de couverture: Canva
Conception graphique: Elvan Sabatier
ISBN: 978-2-3224-8478-2
Dépôt légal : juillet 2023
Tous droits réservés
Loi n°49-956 du 16 juillet 1949 sur les publications destinées à la jeunesse, modifiée par la loi n°2011-525 du 17 mai 2011

© 2023, Elvan Sabatier

A Night, A Murder…
ELVAN SABATIER

Chapitre 1

Il y a une semaine, mes parents ont été assassinés. C'est horrible. Ce jour-là, je n'étais même pas là, du moins, ce soir-là. J'étais parti à une fête organisée par mon meilleur ami, Max. Je ne suis rentré qu'au petit matin, et j'ai découvert ma maison entourée de rubans jaunes et de voitures de police. Cette image reste gravée dans mon esprit, j'en resterai traumatisé toute ma vie. Apparemment les voisins sont allés sonner chez moi peu avant mon retour nous apporter des croissants, étant donné qu'ils sont boulangers. Ils ont trouvé des traces de sang sur les fenêtres et ont immédiatement appelé la police.

Un détective, monsieur James, a été chargé de l'affaire. Il en a conclu que c'est l'œuvre d'un grand meurtrier recherché, Sarang. Moi, je n'y crois pas. Donc j'ai décidé d'enquêter moi-même.

Je soupçonne nos voisins, monsieur et madame Williams. J'ai toujours eu l'impression qu'ils enviaient mes parents, car ils étaient toujours heureux, de bonne humeur, et adoraient leur travail. Nous avions une vie incroyable en famille, nous faisions tout le temps des sorties, bien que j'aie dix-huit ans j'appréciais passer beaucoup de temps avec mes parents.

Mon deuxième suspect, c'est le pire ennemi de mes parents, Dylan. Il habite à quelques rues de chez moi, et n'a qu'une vingtaine d'années. Il a été viré plusieurs fois de son travail, et traîne tout le temps dans le quartier pour embêter des adolescents de douze à seize ans.

Il a plusieurs fois volé dans des magasins, enfin pour faire court, mes parents le détestaient aussi parce qu'il s'est amusé plusieurs fois à taguer nos murs.

Et mon troisième suspect, c'est le voisin flippant d'en face, monsieur Clark. Il ne sort jamais de chez lui, et je l'ai surpris plusieurs fois à sa fenêtre en train d'observer ma maison. Personne ne lui rend jamais visite, il vit seul.

Depuis le meurtre de mes parents, je vis chez Max, temporairement. Je compte louer un appartement au cœur de la ville afin de pouvoir y poursuivre mes études. Nous sommes en fin d'année scolaire de terminale, ce qui veut dire que j'ai le bac, bientôt.

Aujourd'hui, c'est un lundi de mai, un début de semaine long car j'ai cours de huit heures à dix-sept heures trente. J'attends Max devant la porte de la maison afin que nous puissions aller en cours ensemble. Je le regarde dévaler les escaliers et me rejoindre devant la porte.

– On y va ? me demande-t-il.

– Go, je réponds.

J'ouvre la porte et nous sortons dehors, direction le lycée, à pieds.

– D'ailleurs, tu ne m'as pas raconté ton accident de vélo, ça fait deux semaines que tu devais me le raconter, me rappelle Max.

– Ah oui...c'était mardi, je rentrais des cours et je n'avais pas vu un piéton arriver, ce qui m'a amené vers le trottoir et j'ai percuté une voiture garée, j'explique.
– Et c'est ainsi que tu t'es retrouvé avec de gros bleus pendant des jours, termine mon meilleur ami.

Je hoche la tête, puis change de sujet.

– Tu sais quand est-ce que Victor rentre de vacances ?
– Dans une semaine, il me semble, me répond Max.

Victor est un de mes amis. Il était parti en vacances le lendemain de la soirée, rendre visite à sa famille. Il était quand même venu à la fête, mais était le seul qui n'était pas ivre, et sans doute le seul à se rappeler tout ce qu'il s'était passé ce soir-là. J'espère peut-être en tirer un indice sur le coupable du meurtre de mes parents, Victor a peut-être entendu quelque chose étant donné que Max habite dans une rue voisine à celle de ma maison.

Je relève la tête et aperçois alors mon voisin, monsieur Williams. Il me remarque et me lance un regard presque noir. Il tient fermement une baguette de pain. Max et moi le croisons sans qu'il ne nous échange un seul mot. Avant, mon voisin était plus poli que ça.

– Qu'est-ce qu'il lui arrive, à ton voisin ? me demande Max.
– Je ne sais pas...je réponds.
– Bon, après tout, il a peut-être passé une mauvaise soirée.

Je hoche distraitement la tête.

– Tu ne parles pas beaucoup, ces derniers temps, me fait remarquer mon meilleur ami.

– Ah, tu devrais savoir pourquoi...je ne suis pas d'humeur à parler.

Max me lance un regard inquiet, mais n'insiste pas plus. Nous venons d'arriver devant notre lycée. Nous décidons d'attendre un peu à l'extérieur avant de se diriger en cours, car, comme le confirme mon téléphone, il est sept heures quarante. Nous ne sommes pas seuls, il y a quelques groupes d'amis devant l'établissement. Avec Max, nous ne parlons pas pendant de longues minutes.

– On y va ? me demande-t-il au bout d'un moment.

Je hoche la tête en signe d'approbation, puis nous nous avançons vers le portail d'un pas lent.

– Alors, comment avance ton enquête sur le meurtrier de tes parents ?

– Lentement. En fait, je n'ai pas beaucoup d'indices. C'est assez étrange, à croire que le meurtrier s'est volatilisé.

– N'hésite pas, si tu as besoin de mon aide. Si tu veux, on pourra retourner chez toi ce soir, ça nous permettra peut-être de trouver de quoi avancer.

– Oui, c'est une bonne idée.

– Je ne pense pas que ce soit Dylan. Même s'il fait tout le temps des conneries, il n'en viendrait pas à tuer. J'avoue que c'est assez pénible, de ne pas se rappeler de la soirée, car je suis sûr qu'un détail nous a échappé. Et puis on aura qu'à demander à Victor.

   – Tu as peut-être raison…

   – Après, ça pourrait être tes voisins, ils sont assez étranges. Je viens d'y penser, mais des fois c'est un complot !

   – Peut-être...j'espère juste retrouver le coupable pour lui faire payer ce qu'il a fait.

Nous venons d'arriver devant la salle de notre premier cours, histoire géographie. Je ne suis pas particulièrement fan de l'histoire géo, mais ne déteste pas non plus. Le professeur étant déjà dans la salle, nous y entrons et nous installons à nos places, côte à côte. Le cours passe lentement. Ensuite, nous avons philosophie, puis deux heures de mathématiques, qui est une matière importante cette année étant donné que je suis en filière scientifique.

Après vient le temps de pause du midi. Malheureusement, Max et moi devons manger à la cantine car nous n'avons qu'une heure de pause. C'est-à-dire faire la queue pendant près d'un quart d'heure pour aller manger. Max et moi nous dirigeons vers la cantine, puis attendons impatiemment pour manger, les ventres gargouillant. Comme prévu nous attendons bien quinze minutes environ avant d'entrer dans la cantine.

Je suis affamé. Je prends un plateau et me sers d'une salade de riz, une mousse au chocolat, du fromage, du pain et un plat chaud composé d'un cordon bleu et de pâtes, puis une bouteille d'eau. Max et moi nous installons à une table pour huit. Nous commençons à manger lentement tandis que nos amis s'installent un à un à la table. Arthur est le premier à arriver. C'est un bon ami, avec qui je rigole tout le temps. Il était à cette soirée, mais comme tout le monde, il ne s'en rappelle pas.

– Salut !
– Salut.

Je ne suis pas d'humeur bavarde, alors je n'ajoute rien. Je m'ennuie presque. Arthur semble s'apercevoir de ma lassitude car il n'ajoute rien non plus. La deuxième à s'installer à table est Anna. Elle est une amie proche, en qui j'ai mon entière confiance, car elle me comprend toujours. Aujourd'hui, elle a l'air de mauvaise humeur.

– Salut, me dit-elle avec un petit sourire.
– Salut, je réponds avec un regard inquiet.

Elle me fait signe qu'elle me racontera plus tard, alors je n'insiste pas plus. La dernière à s'installer est Julia, bien après tout le monde, toujours en retard. Je ne suis pas particulièrement proche d'elle, à vrai dire c'est plutôt l'amie d'Anna et je ne l'apprécie pas vraiment, mais je lui parle quand même de temps à autre.

Arthur, Julia et Max discutent ensemble pendant tout le repas, tandis qu'Anna et moi restons silencieux et écoutons distraitement la discussion. Anna sait que quelque chose ne va pas, mais elle ne me pose pas de question car elle sait que cela est par rapport à mes parents.

Étant donné que nous ne parlons pas, Anna et moi finissons de manger avant tout le monde, bien que j'aie pris une grande portion. Je décide pour une fois de ne pas attendre mes amis, car j'ai besoin de m'aérer l'esprit. À vrai dire, je me sens nauséeux, et j'ai la tête qui tourne. Je me lève de ma chaise en saisissant mon plateau. Personne ne me pose de question, ils me laissent tranquille au vu des événements.

Seule Anna décide de m'accompagner. Nous restons tout d'abord silencieux jusqu'à ce que nous soyons dehors, assis sur un banc.

– Alors, qu'est-ce que tu as, aujourd'hui ? je lui demande.

– Ah, tu sais, j'ai des tas de contrôles aujourd'hui, et Julia ne me parle plus, je ne sais pas pourquoi, me répond-elle.

– Bon courage, pour les contrôles. Et Julia...c'est étrange...tu as pas essayé de mettre les choses au clair ?

– Si ! Mais elle m'évite ! Ça m'énerve, je vois pas ce que j'ai fait ! J'ai l'impression d'être au collège, quand du jour au lendemain elle ne me parlait plus et qu'après elle revenait me parler, comme si de rien n'était !

– Je ne sais pas quoi te répondre...je n'ai jamais trop aimé Julia, enfin elle peut se montrer gentille, mais avec toi...j'ai plutôt l'impression qu'elle se sert de toi.

– Je ne sais pas...enfin bon, je réglerai ça. Et toi, tu vas bien ?

Je lâche un soupir.

– Non, comme tu t'en doutes. Je regrette d'être venu à cette soirée. J'aurais pu…

– Mike, ne regrette rien. Ce qui est arrivé devait arriver, ça paraît méchant, dit comme ça, mais si tu n'étais pas venu à cette soirée tu serais peut-être mort. N'essaie pas de changer les choses. Je comprends tout à fait que c'est très difficile, mais tu dois t'accrocher. Et d'ailleurs, tu ne m'as pas donné des nouvelles pour ton enquête ?

Je n'ai pas le temps de répondre car j'aperçois Dylan à travers le grillage du lycée, s'approcher d'un groupe d'élèves de secondes qui patientent devant le portail.

Chapitre 2

Anna remarque Dylan mais ne se laisse pas perturber. Son attention revient sur moi.

– Mike, ne fais pas attention à Dylan. Tu sais comment il est.

– Oui, tu as sans doute raison. Ce soir, avec Max, nous allons retourner chez moi chercher des indices.

Je reporte mon attention sur mon amie.

– J'espère que ça t'aidera, alors.

Je lui souris.

– Parlons plus positivement. Tu as fait quoi ce week-end ?

– Samedi, je suis partie en randonnée, en montagne. C'était horrible, la pente était super raide ! En plus, comme toujours, je me suis faite mal. Mais cette fois, je me suis prise la main dans les ronces. Après, le soir, j'ai continué la fabrication de ma maquette de maison. Et après, dimanche, je suis restée chez moi, donc j'ai pas fait grand-chose. Et toi ?

– J'ai passé le week-end chez Max. Et je ne suis pas sorti. Donc, je n'ai rien fait de spécial.

– Un week-end intéressant, au final.

Elle me sourit. La sonnerie retentit alors.

– Oh non, je dois y aller. Bon, on se voit demain. Salut.

– Salut.

Je me lève du banc et me dirige vers la salle de physique chimie, mon prochain cours. Je rejoins Max devant la salle. Quelques minutes après nous nous asseyons à nos places respectives. L'après-midi passe lentement. Je songe à la fin de l'année scolaire, proche. Étant vers mi-mai, je suis déjà inscrit sur Parcoursup, le site où on inscrit tous nos vœux sur les universités souhaitées, et ce qui nous permet de voir dans quelles universités nous sommes acceptés. Après mes études je souhaite devenir infirmier, alors je me suis inscrit dans des écoles d'infirmières.

D'habitude, les élèves en voie scientifique souhaitent devenir médecin, ou chirurgien, mais j'ai préféré ne pas viser trop haut, car ce sont des métiers difficilement accessibles. Je sais que Max, qui fait également dans la voie scientifique, souhaite devenir pharmacien, ce qui lui convient parfaitement. Anna a quant à elle pris la voie littéraire, elle compte devenir éditrice, et Arthur est en technologique, pour devenir...il ne le sait même pas.

J'ai plutôt hâte que Victor revienne. J'ai plusieurs fois essayé de le contacter, mais il ne m'a pas répondu. Comme me l'a dit Max, je ne pense pas non plus que le coupable soit Dylan. Je pense que la police l'aurait su, si c'était le cas.

Après la physique chimie, j'ai enseignement scientifique, puis anglais. C'est sur cette dernière heure longue que je finis les cours. Max et moi partons précipitamment dès que la sonnerie retentit. Nous fonçons directement vers ma maison, sans un mot. Le chemin est rapide, car j'habitais près du lycée. Max et moi nous arrêtons devant ma maison. Elle est condamnée et interdite d'accès. Je tourne la tête vers la fenêtre de monsieur Clark, de là où il nous observait si souvent. Je l'aperçois, me fixant d'un regard mauvais.

Je détourne le regard vers ma bâtisse, puis m'adresse à mon meilleur ami.

– On y va ?

Il hoche la tête, et nous nous dirigeons vers la porte d'entrée, fermée mais pas à clés. J'ouvre la porte puis entre dans le hall si familier. Les meubles sont toujours à leur place, la police doit les déménager la semaine prochaine. Contrairement à ce que je m'attendais, ils n'ont rien nettoyé et laissé tout à leur place, sauf les cadavres de mes parents. Ainsi, il reste toujours quelques traces de sang.

Je ne bouge pas pendant quelques secondes encore, puis me décide enfin à me diriger vers ma chambre, à l'étage. Max décide de m'accompagner. Je gravis les escaliers blancs du hall, m'amenant à l'étage. Je remarque des tâches de sang sur la balustrade, ce qui me dégoûte. Je tente de cacher toute émotion, mais au fond de moi je suis désespéré. Une fois à l'étage je me dirige vers ma chambre, à gauche, et en ouvre la porte en bois blanc. Rien n'a changé. Mon lit est impeccablement fait, tout est rangé.

– Qu'est-ce que c'est que ça ? me demande alors Max, en désignant des parties du mur enfoncées.

Je n'ai jamais invité Max chez moi, auparavant, donc il ne connaît pas toutes les marques des murs laissées par les anciens locataires de la maison.

– Ah, c'était déjà là, quand on a emménagé. Et celle-là (je désigne une marque bien enfoncée), c'est moi, une fois, j'étais énervé. On a jamais su pourquoi il y a des traces pareilles dans les murs !

– Eh bah ! Les anciens locataires pensaient peut-être que les murs sont des pushing-ball…

Max en rit presque. Il fronce les sourcils en remarquant une latte de parquet mal mise. Avant, je ne l'avais jamais remarquée. Je fronce les sourcils, moi aussi, perplexe. Je m'approche de la latte et la soulève afin de la remettre correctement. Cependant, je trouve enfoui dans le sol un sachet, contenant des comprimés blancs.

– Et ça, c'est quoi ? me demande Max, presque agacé.
– Je t'assure…je sais pas ce que c'est, ni ce que ça fait là…je marmonne.

Max s'empare du sachet et l'examine curieusement.

– Tu crois que quelqu'un l'a laissé là en espérant que la police les retrouve et pense que tu te droguais ? demande-t-il.
– Je ne sais pas, en tout cas, ce n'est pas à moi. Des fois, ce sont des médicaments, ou du poison, ou bien c'est…je ne sais pas trop.
– On va enquêter dessus, alors.

Mon meilleur ami garde le sachet et nous poursuivons notre inspection de la maison. Nous ne trouvons rien d'autre dans ma chambre et retournons au rez de chaussée, dans la cuisine, là où mes parents sont morts. La pièce est en sang et me donne la nausée. Les fenêtres donnant vue sur le voisin flippant sont couvertes de sang. Je stoppe net dans mon inspection de la pièce lorsque je vois un panier de viennoiseries de mes voisins déposées sur le plan de travail, couvert de sang, et leur couteau de boulanger déposé juste à côté. Comment la police a pu passer à côté de cet indice flagrant ?

– Alors là, ça craint, murmure Max à côté de moi.

Je fixe, désespéré, le couteau de mes voisins, immaculé de sang. Les larmes me montent aux yeux. Je suis perdu, je ne comprends pas. Alors ce seraient mes voisins, qui ont tué mes parents ? Ce n'est pas logique, la police a inspecté toute la maison, ils ont affirmé que c'est ce fichu meurtrier, Sarang, alors qu'il y a *ça*, posé sur le plan de travail, qui me porte à confusion. La police est-elle corrompue, ou bien peut-être que *ce truc* ne veut rien dire, tout simplement ?

Je me sens devenir fou, je ne sais pas quoi en penser. Sinon que la police a pensé que ce couteau appartient à ma maison ? Je fronce les sourcils, gagné par la colère.

– Comment c'est possible ?! Il y a tellement d'indices et la police est passée à côté de tout ça ?! Je vais aller retrouver Monsieur James ! je m'exclame.

– Hé, calme-toi ! Peut-être que le meurtrier a amené ça après que la police ait fouillé la maison, ou je ne sais pas trop...
– Je veux voir Monsieur James.

Max soupire. Je regarde à travers la fenêtre ensanglantée pour apercevoir mon voisin me fixer depuis sa fenêtre.

– Attends...Monsieur Clark a la vue sur la cuisine...Il a vu le meurtre ! je m'écrie.

Mon meilleur ami suit mon regard et aperçoit Monsieur Clark depuis sa fenêtre.

– Tu as raison ! Sauf si c'est lui le meurtrier.
– Max, et si il n'y a pas qu'un seul meurtrier, mais que c'est un complot ?
– Tu veux dire entre tes voisins et l'inspecteur ?
– Ouais ! Ou bien juste entre mes voisins !

Max reporte son attention sur moi.

– Ce serait bizarre...Enfin, pourquoi vouloir tuer tes parents, comme ça ?
– Je ne sais pas, mais ça reste possible, non ?
– Après tout, rien n'est impossible, mais je le sens mal, cette histoire.

Je finis d'inspecter la cuisine mais n'y trouve rien de flagrant. Max et moi finissons par fouiller le salon où un vase est fracassé sur le sol, mais il n'y a pas de trace de sang. Nous n'y trouvons rien et finissons par repartir. Dès que nous fermons la porte, nous sursautons en entendant la voix de Monsieur James :

– Tiens, qu'est-ce que vous faites ici, vous ?
– Monsieur James ! Je pourrais vous retourner la question ! je rétorque.
– L'accès est interdit, même si tu habitais ici ! Je vous rappelle que j'habite à quelques rues d'ici et il se trouve que cette porte ouverte a attiré mon attention.
– C'est vrai...Mais Monsieur, comment se fait-il que le couteau de mes voisins soit posé sur le plan de travail de la cuisine et que Monsieur Clark a une vue sur le lieu du crime même ! Et vous affirmez que le meurtrier est Sarang !
– Écoute gamin, j'ai du boulot, moi, des meurtres, il y en a tous les jours. Si tu n'es pas content et que tu veux jouer les détectives je te conseille de t'arrêter parce que ça ne te mènera à rien. Je suis inspecteur depuis quinze ans alors je pense avoir plus d'expériences que toi. Sarang traîne dans le quartier ces derniers temps alors ça ne peut être que lui, tes voisins ne sont que de simples innocents ! Maintenant, si tu veux bien, rentre chez ton copain et ne te mêle plus de cette histoire.

Il n'ajoute rien et s'éloigne, nous laissant, Max et moi, plantés devant la porte.

– Je le déteste ! je m'énerve une fois qu'il a disparu au coin de la rue.
– Mike, il n'empêche qu'il a raison, d'un côté. On devrait arrêter.

– Je n'y crois pas, toi aussi tu t'y mets ?! Max, il y a un truc qui cloche ! Je le sens ! Et on est les seuls à pouvoir résoudre tout ça !

– Oui, mais on n'y connaît rien ! On accuse juste tes voisins alors qu'ils n'ont peut-être rien fait ! C'est peut-être bien Sarang !

– Au moins en creusant, on pourra en être sûr !

– Trouve quelqu'un d'autre que moi, alors. Je suis désolé mais je ne veux pas prendre de risque.

Je le regarde s'éloigner, partagé entre le désespoir et la colère.

Chapitre 3

Je reste planté devant mon ancienne habitation pendant des minutes. Je finis par m'asseoir sur le perron, la tête posée sur mon poing. Je soupire, réfléchis. Je relève la tête vers la fenêtre de Monsieur Clark. Il est là, me voit, me sourit avant de repartir. Je sursaute lorsqu'on m'adresse la parole :

– Mike, tout va bien ?

Je relève la tête pour regarder Anna droit dans les yeux.

– Où est Max ? ajoute-t-elle devant mon silence.
– Parti. Il ne veut plus enquêter.

Mon amie me rejoint avant de fixer l'horizon du Soleil couchant.

– Je peux prendre le relai, alors.
– Je ne veux pas t'imposer ça.
– Ça va, tu as juste à me dire ce que tu sais. Tu me connais, je suis une enquêtrice dans l'âme.
– Oui, c'est vrai.

Je lui raconte tout dans les détails, du moins ce dont je me rappelle. À la fin de mon récit, la nuit est tombée. Anna se lève.

– Je vais y réfléchir cette nuit, je te dis ce que j'en pense demain, au lycée.
– D'accord. Merci, Anna.
– Avec plaisir.

Je pars une fois que mon amie a disparu au coin de la rue. Je erre dans les rues sans but précis, la tête lourde de craintes, de pensées emmêlées et confuses. Je ne sais pas si je dois poursuivre cette enquête. Je suis presque effrayé, maintenant, car si le meurtrier s'en est pris à mes parents, il peut très bien s'en prendre à moi, et puis je n'ai jamais vu ma maison dans cet état, pareille aux maisons des films d'horreur. Je me rappelle du jour où je me suis réveillé, le lendemain de la soirée. Tout était confus, je ne me rappelais de rien.

C'est comme si j'avais eu un lavage de cerveau, puis ensuite quelques souvenirs me sont revenus, mais à vrai dire, je ne sais pas ce qui est vrai et ce qui ne sont que des rêves. Je m'assois au bord d'un trottoir, la tête dans les mains. Je me sens seul, perdu, effrayé. Je suis assailli par des tas d'émotions que j'ignore à longueur de journée tout ça pour que personne ne puisse lire sur mon visage. À présent, personne ne me voit, de toute façon.

Je devrais quand même finir cette enquête, pour mes parents. Ensuite, je ne sais pas ce que je ferai.

Je ne sais pas ce que j'ai. Je me sens...bizarre. Différent des autres. Pas dans le sens où je suis exceptionnel, ou que j'ai des dons, non. Dans ma tête. J'ai l'impression d'être fou, oui, c'est ça. Je devrais faire des examens psychiques, une fois que j'aurais résolu cette enquête. Et puis ce qu'il y a dans ma chambre, ces comprimés…

Je me rappelle que Max les a pris. Je devrais les emmener en pharmacie, pour savoir ce que c'est. Reste à savoir ce que Max en a fait…

Je ne sais pas pourquoi, j'ai l'impression de changer constamment d'émotions, de pensées. Ça devient grave, à ce stade.

J'entends des pas sur le trottoir derrière moi. Je me redresse brusquement et fais volte face vers mon voisin, Monsieur Clark. Je suis surpris. Il ne sort jamais de chez lui, du moins je ne l'ai jamais vu sortir dehors.

– Bonsoir, Mike, me salue-t-il.
– Bonsoir…je réponds, confus.

Il me rejoint au bord du trottoir, sans rien dire, d'abord.

– Te rappelles-tu de quoi que ce soit ? me demande-t-il.
– Comment ça ? De quoi parlez-vous ?
– Rien…je pense qu'il est mieux que tu retournes chez ton ami.

Il ne me laisse pas le temps de répondre et se lève avant de repartir. Confus, je le regarde s'éloigner. Une chose est sûre : j'ai vu quelque chose, je ne m'en rappelle pas, et Monsieur Clark est impliqué. Je perds tout mon courage, effrayé par la nuit tombée, et me lève avant de me précipiter chez mon meilleur ami. Ce sont ses parents qui m'ouvrent la porte.

— Où étais-tu passé ? me demande sa mère.
— Désolé, j'avais besoin de prendre l'air.
— Il est vingt trois heures, Max est allé se coucher. Il avait l'air énervé mais ne voulait pas nous expliquer. Tu devrais manger quelque chose avant de dormir. Demain, tu as cours encore.

La mère de Max — Camille — a toujours été trop gentille avec moi. Elle m'intègre à la famille du mieux qu'elle le peut, mais je n'ai pas vraiment envie de m'y installer. Je n'ajoute rien et me dirige tout de même vers la cuisine pour y faire un sandwich que je mange en vitesse. Je décide de ne pas trop penser pour l'instant, pour ne pas encore m'emmêler avec mes pensées.

Une fois mon sandwich avalé, je me douche rapidement et enfile un pyjama avant d'aller me coucher dans la chambre d'amis, à côté de celle de Max, à l'étage. Les volets sont déjà fermés alors je vais directement m'allonger dans le lit une fois la lumière éteinte.

Je me rends compte que je suis épuisé. Je m'endors presque immédiatement, faisant un lourd cauchemar.

***

Je suis dans une pièce blanche, vide, juste face à un miroir. Je vois mon reflet, mais ce reflet ne fait pas comme moi. Je lève la main droite et la secoue. Mon reflet se contente de m'observer.

– Mike.

Je suis certain de ne pas avoir parlé, et pourtant, c'est ma voix, mais c'est mon reflet qui a parlé. Je remarque que ce moi est emprisonné, entouré de barreaux étroits, l'empêchant de bouger.

– Qui es-tu ? je demande.
– Je suis une autre version de toi. Ce que tu crains, ce que tu caches.
– Je ne comprends pas…

Le miroir nous séparant se brise, puis s'effondre. Je suis face à un mur blanc. J'entends alors des cris, les voix de mes parents, plein de voix. Ces voix résonnent dans toute la pièce, telles des couteaux m'assaillant les tympans. Je plaque mes mains sur mes oreilles, ce qui ne m'aide pas à camoufler cette cacophonie.

« Tue-le ! Tue-le ! »

Cette voix est la mienne, alors que je n'ai jamais dit ça ! Les murs dégoulinent de sang, à présent. Ma respiration s'accélère tandis que les voix continuent de me crier dessus. Je sens des mains s'agripper à mon dos, me retenir.

***

Je me redresse en sursaut, le souffle saccagé. Je tente de calmer ma respiration avant de regarder l'heure. Il est deux heures du matin. Ce cauchemar paraît si...*réel*. Ma gorge est sèche. Je décide d'aller à la cuisine prendre un verre d'eau. Je me lève du lit, n'allumant aucune lumière pour ne réveiller personne. J'ouvre doucement la porte de la chambre et marche vers les escaliers menant au rez de chaussée. Je suis terrorisé face au cauchemar que je viens de faire.

Tandis que je descends les escaliers, je réfléchis à sa signification. Peut-être que cet autre moi, c'est juste le moi d'avant. Je finis par abandonner et n'y pense plus. Ce n'est qu'un cauchemar.

Je traverse le hall et atteins la cuisine. J'ouvre le placard contenant les verres pour en prendre un. J'ai soudainement une douleur atroce à la tête. Je secoue la tête. Je commence à voir flou, puis tout noir.

***

J'entends des hurlements. Je ne vois rien. Juste du noir. Je sens l'odeur du sang, j'entends des pas. J'ai la tête qui tourne. Je me sens épuisé, faible. Je ne sais pas ce que je fais là, ni pourquoi. J'essaie de bouger, mais je suis comme emprisonné. J'entends des ricanements lointains, ceux de mon père. Je ne comprends pas ce qu'il se passe, ce que je fais là. Je n'entends plus rien. Je sens mes forces me quitter. Je ne tarde pas à replonger dans l'inconscience.

***

Je ne sais pas ce qu'il vient de se passer, mais je revois clair. Le verre est posé face à moi, rempli d'eau. Je suis face à la table de la cuisine, pourtant je ne me rappelle pas avoir rempli ce verre et être allé ici, face à la table.

Chapitre 4

J'ai sans doute dû oublier. Je ne sais même plus ce que je fais, ça craint. Je bois le verre cul sec avant de le mettre dans le lave-vaisselle et de retourner à l'étage, dans la chambre d'amis. Je consulte mon téléphone. Il est trois heures du matin. Je n'ai aucun message. J'ai dû acheter une nouvelle carte SIM après la fête car elle avait disparu.

J'éteins mon téléphone puis m'allonge sur le lit, les yeux rivés sur le plafond. J'entends alors des pas dans le couloir. Je reste pétrifié, à l'afflux d'un autre bruit quelconque. Quelqu'un descend les escaliers – Max, sans doute. Il doit avoir soif alors il est descendu boire un verre d'eau, comme moi. Après tout, je devrais peut-être m'excuser pour tout à l'heure, je ne veux pas rester dans le froid avec mon meilleur ami.

Je me décide et me lève du lit le plus silencieusement possible. Je marche doucement dans le couloir puis descends les escaliers sur la pointe des pieds. Une fois en bas des escaliers, je stoppe net en voyant deux silhouettes dans la cuisine, discutant à voix basse. Je reconnais la silhouette de mon meilleur ami, mais pas celle de son interlocuteur. Je m'avance discrètement pour écouter leur conversation.

Il ne se souvient de rien. Je ne sais pas si on doit lui dire la vérité ou pas. Il finira par voir que quelque chose ne va pas chez lui, et il va chercher à savoir ce que c'est que ces comprimés, dit la voix de l'inconnu.

Je suis certain d'avoir déjà entendu cette voix, mais je ne sais plus à qui elle appartient.

– Alors je vais les jeter ! Je lui dirai que je les ai perdus, voilà tout. Le problème, c'est que Victor va bientôt revenir, et je n'ai pas trouvé un moyen de le contacter pour le prévenir, répond la voix de Max.

Je ne comprends pas. Max serait impliqué dans le meurtre de mes parents ? Avec cet inconnu ? Non, ce n'est pas possible...pourquoi mon meilleur ami ferait une chose pareille...et puis ces comprimés, je ne sais pas ce qu'ils ont, mais je dois absolument les récupérer.

– Où sont ces comprimés ?
– Dans ma chambre, je les ai cachés dans mon bureau.
– Autant s'en débarrasser maintenant.
– Et pour Victor ?

Je décide de rater la suite de la discussion. Je dois sauver ces comprimés. Je me précipite à l'étage en tâchant de rester discret, et me faufile dans la chambre de Max. Je fouille chaque tiroir de son bureau à tâtons, plongé dans le noir. Je parviens à les retrouver, ferme tous les tiroirs avant de me précipiter dans ma chambre et d'engouffrer le sachet dans mon sac de cours. J'irai à la pharmacie dès la fin des cours, tout à l'heure. Je préfère ne pas en apprendre plus sur cette discussion et m'allonge dans le lit, yeux rivés sur le plafond.

Je suis perdu. Je ne comprends plus rien, ma tête est en ébullition. Je ne parviens pas à penser clairement. Victor a donc des informations sur cette fameuse soirée. Je dois absolument le retrouver. Et puis Anna, je lui raconterai tout ! Peut-être trouvera-t-elle une explication à tout ça ? Je décide de ne plus y penser, je devrais dormir, plutôt. Je ferme les yeux, relâchant les muscles de mon visage, et me laisse m'endormir.

– Mike ? On va être en retard.

J'ouvre les yeux et mon regard tombe sur le visage de Max, les yeux cernés. Je le fusille du regard avant de me lever et de prendre quelques vêtements. Je les enfiles en toute vitesse et cours à la salle de bain pour passer de l'eau fraîche sur mon visage et arranger mes cheveux.

Mon meilleur ami n'a pas bougé. Je saisis mon sac dans ma chambre puis mon téléphone. Je suis Max jusqu'au hall où nous enfilons nos chaussures puis sortons. Nous n'avons pas pris la peine de dire au revoir à ses parents, ils dorment encore.

– Tu as l'air...épuisé, je constate.
– J'ai mal dormi, bougonne Max.
– Tu en as fait quoi, des comprimés ?
– Ils ont disparu. Je les ai cherchés de partout mais je ne sais pas ce que j'en ai fait.

J'hésite entre faire cracher le morceau à mon meilleur ami ou faire comme si de rien était. Je finis par choisir la première option. J'en tirerais peut-être des réponses.

– C'était qui, cette nuit ?

– De quoi tu parles ?

– Je t'ai entendu, avec un inconnu. Il devait être pratiquement trois heures du matin !

Max écarquille les yeux.

– Tu es impliqué dans le meurtre de mes parents, c'est ça ?! Pourquoi tu ne m'as rien dit ?! Qu'est-ce que tu as fait ?! je m'emporte.

– Je ne peux rien te dire. Tu es encore sous le choc.

– Tu te moques de moi ?! Pourquoi tu ne veux pas que je découvre ce que sont ces comprimés ?!

– Tu as perdu la mémoire ! Tu ne te rappelles de rien !

– Excuse-moi alors, peux-tu me rafraîchir la mémoire ?!

– Tout ce que je peux te dire c'est que tu n'es pas celui que tu crois être !

– Comment ça ? Je sais très bien qui je suis merci !

– Mike, tu es atteint d'un dédoublement de la personnalité depuis toujours ! Ton père aussi avait des troubles psychologiques !

Sa phrase a l'effet d'un coup de poing au visage. Je refuse de le croire, je serais au courant si j'avais un problème mental, quand même. Je ne suis pas bizarre, non, je suis une personne normale, c'est Max qui n'est pas normal !

– Tu as perdu une grande partie de ta mémoire le soir où tes parents sont morts. Tu ne vois donc pas que tout est flou ? Je ne sais pas quelles idées sont encrées dans ta tête maintenant, mais tu as oublié toute la vérité parce que tu ne l'acceptes pas !

– Tu racontes n'importe quoi !

J'accélère le pas afin de m'éloigner de lui. Non, ce n'est pas vrai. Ce n'est pas possible. Max me rattrape sans grande difficulté.

– Tu auras qu'à demander à Victor ! Anna est la seule à ne rien savoir. Avant, tu me demandais toujours de ne rien dire à Anna, parce que tu voulais qu'au moins une personne te considère normalement, et non comme un malade mental !

– Je ne te crois pas !

– Tu as qu'à aller à la pharmacie demander ce que sont que ces comprimés, tu verras que ce sont des médicaments pour les dédoublements de la personnalité, tu as ça depuis tout petit et tu demandais à mes parents de les acheter parce que les tiens en avaient rien à faire de toi !

Cette fois, je pars en courant. Max ne cherche pas à me rattraper. Je ne sais pas pourquoi j'ai les larmes aux yeux. Je ne peux que le croire, il ne pourrait pas inventer tout ça. C'est mon meilleur ami, après tout. Tout ce que je veux, à présent, c'est vivre normalement. Est-ce trop demander ?

Chapitre 5

Victor rentre de ses vacances aujourd'hui. Je suis pressé de le voir, d'avoir des réponses. Je ne parle plus à Max depuis notre dispute, il ne fera rien pour m'empêcher de parler à mon ami. Anna viendra avec moi, comme ça elle saura, elle aussi. Je me réveille dans le canapé du salon de mon amie. Tout le monde est déjà éveillé, à priori. J'entends leurs voix venant de la cuisine. Je me lève doucement et ne prends pas la peine de me changer. Je vais directement à la cuisine petit-déjeuner.

– Bonjour, Mike, me salue la mère d'Anna avec un léger sourire.

– Bonjour, je réponds.

Elle me sert des œufs brouillés avec du bacon tandis que je m'installe à table, à côté d'Anna. Son père lit un journal tout en buvant une tasse de café. Il me lance un simple regard pour me saluer et poursuit sa lecture. Anna a déjà fini son petit-déjeuner mais m'attend.

– C'est bien aujourd'hui, que Victor revient ? demande sa mère.

Je me contente de hocher la tête, soucieux. J'ai décidé d'ignorer ce que m'a raconté Max, l'autre fois. Victor a fini par répondre à mon message pour me dire qu'on se verra devant le portail, ce matin. Il a ajouté : « Viens à l'avance. ». Anna prend cette enquête au sérieux, telle une inspectrice des séries policières, mais elle n'a réussi qu'à trouver des hypothèses glauques telles que : « Monsieur Clark a en fait fait toute cette mise en scène et enfermé des parents dans sa cave ! », ou encore : « Peut-être que c'est un complot entre Max et Monsieur Clark, et que tu étais présent le soir du crime mais par je-ne-sais-quel-moyen tu as perdu la mémoire ! Peut-être que tu étais bourré, sinon... ».

Enfin bref, je trouve toutes ses hypothèses absurdes. Je termine mon petit-déjeuner avant de suivre Anna dans la salle de bains où nous nous brossons les dents. Il se trouve que j'ai appuyé trop fort sur le tube de dentifrice et en ai mis de partout sur le lavabo. J'ai bien crû qu'Anna allait me tuer.

Après cela, je me change et me coiffe, puis nous partons, direction le lycée. Le chemin pour aller au lycée est plus long que depuis la maison de mon meilleur ami, mais on peut tout de même y accéder à pieds.

Pendant tout le trajet, mon amie me parle de Julia, qui a commencé à traîner avec d'autres filles qui sont de véritables pestes et qui s'amusent à critiquer et espionner Anna et moi-même dans la cour du lycée. En somme, je me permets également de l'insulter bien que ce ne soit pas la meilleure des solutions. Nous finissons par arriver devant le lycée où Victor, Max et Monsieur Clark nous attendent. Je ne sais pas ce que ce dernier fait ici. Nous nous approchons d'eux, et Victor jauge Anna du regard.

– Tu es sûr que tu veux qu'elle reste ? me demande-t-il.

– Oui pourquoi ? Elle a le droit de savoir, non ? je réponds.
– Si tu veux…
– Bon alors, parlons de cette soirée. Victor, on te laisse raconter de ton point de vue, lâche Max.
– Oui. Ce que tu ne sais pas, Anna, c'est que Mike est atteint d'un dédoublement de la personnalité. Il va certainement nier comme il ne se souvient de rien.

Je ne le contredis pas. J'irai faire des examens, et puis je verrai bien. Tous se tournent vers Anna pour voir sa réaction.

– Et bien quoi, me regardez pas comme ça ! Continuez votre histoire.

Je suis à la fois soulagé et surpris de sa réaction.

– D'accord. Ce que tu sais pas aussi, c'est que les parents de Mike en avaient rien à faire, de lui...c'était même pire que ça. La deuxième personnalité de Mike, c'est Jordan. Il y a eu plusieurs fois où Jordan nous a parlés, lorsque Mike oubliait de prendre ses médicaments, mais au cours des années il devenait très...spécial, d'après Mike, il est devenu haineux envers tout le monde, et très violent.

– Comment ça, c'était même pire que ça ? je demande.

– Mike, j'aurais aimé ne jamais avoir à te le dire comme ça parce que tu penses que tes parents t'aimaient et que vous étiez toujours soudés, mais en vérité, tu étais maltraité, tu étais battu par ton père. On a fini par le découvrir avec Max il y a deux ans, et c'est là que tu nous a tout raconté et expliqué. Tu volais de l'argent à ton père pour acheter tes médicaments, tu as toujours détesté Jordan parce qu'il fait de toi une personne anormale.

Je suis surpris d'encaisser ça d'un coup, là, mais je le crois. C'est la vérité, je dois l'accepter telle quelle.

– Avec Max, on n'en pouvait plus de te voir triste, tu étais vraiment désespéré, ton seul espoir, c'était Anna parce qu'elle ne savait rien et te voyait comme une personne normale. Quand on te voyait tous les jours avec de nouveaux bleus, des égratignures, c'était insupportable ! On avait une telle haine contre tes parents...et toi aussi, d'ailleurs. On est allé parler à Monsieur Clark pour demander son aide. Il nous a dit d'appeler les services sociaux, et a prévenu tes voisins boulangers. À partir de ce jour, on a appelé chaque jour les services sociaux, mais ils ne répondaient jamais. On a décidé de tout faire pour te vider l'esprit, alors on a organisé une fête. Anna n'a pas pu venir, malheureusement. Tu étais partant pour venir, mais ce soir-là, tu n'es jamais venu.

Ces derniers mots résonnent dans ma tête. Ma vision commence à se brouiller. Anna me lance un regard inquiet. Je commence à voir tout noir, puis je me sens tomber en arrière. Je n'entends plus rien. Je commence à avoir des acouphènes. Je divague vers l'inconscience, puis plus rien.

Chapitre Final
Le crime, partie 1

Je suis allongé sur mon lit, écoutant de la musique, perdu dans mes pensées. C'est alors que mon téléphone vibre. Quelques peu agacé qu'on me dérange dans mon moment de tranquillité, je lis le message de mon meilleur ami:

« Mike, tu ne viens pas à la soirée, finalement ? Ça fait une heure que je te cherche ! »

Je lâche un soupir et ne réponds pas. Je me contente d'éteindre l'écran de mon téléphone. J'observe les marques sur mon mur, laissées par mon père, toutes les fois où il s'est énervé contre moi. J'en ai marre, de cette vie. Je suis malade, obligé de prendre des comprimés pour ne pas changer de comportement, obligé de sourire à mes amis en leur cachant la vérité.

Je suis obligé de rester ici, chez moi, privé de me rendre à cette soirée. Je hais mes parents. Ils se fichent que je sois malade. Tout ce qu'ils font, c'est me faire subir leurs excès de colère tous les jours. Pendant que moi, je dois me battre contre ma deuxième personnalité, Jordan.

Oui, je souffre d'un dédoublement de la personnalité. Sauf que seuls mes parents le savent. Jordan représente toute la haine, la violence, la rage que je conserve en moi. Il est très violent. Je le déteste, même. Il me pousse à tuer la moindre personne qui m'énerve juste un peu trop. Mon téléphone vibre à nouveau. Cette fois, c'est Anna.

« Salut Mike, ça se passe bien la soirée ? »

Réticent à laisser Anna dans le vent, je commence à écrire, réfléchissant sur chaque mot. Je m'arrête soudainement en réalisant que j'ai oublié de prendre mes médicaments, aujourd'hui. Paniqué, j'arrache mes écouteurs et me lève soudainement de mon lit pour me précipiter vers le sol, vers la latte recouvrant mes médicaments.

Je m'apprête à m'emparer du sachet au moment où mon père fait irruption dans la pièce.

- Mike, ça fait une heure que je t'appelle !

Je constate avec dégoût qu'il a encore bu, beaucoup trop. Je sens la présence de Jordan commencer à se débattre.

« Tue-le, il t'a fait tellement de mal, il ne te mérite pas, tu ne mérites pas cette vie. »

Je secoue la tête afin de me débarrasser de ces horreurs. Jordan me donne mal à la tête, je veux qu'il s'en aille. Voyant que je ne réagis pas, mon père s'agace encore plus.

- Je t'ai dit de mettre la table, c'est si compliqué que ça ? Ou tu crois peut-être que parce que tu es malade, tu as le droit de t'offrir des privilèges ?!

- Non...Je vais mettre la table...

Jordan se débat en moi, il commence à détruire la prison qui le retenait jusqu'à présent. J'essaie de le retenir, mais cette fois, je n'y arriverai pas. Concentré à la fois sur mon débat contre ma deuxième personnalité, j'en oublie mon père qui reste planté devant moi à attendre que je quitte ma chambre pour mettre la table.

- Tu attends quoi ?! s'écrie-t-il.

- Je ne me sens pas très bien...J'ai oublié de prendre mes médicaments.

Mon père voit rouge.

- Qu'est-ce que j'en ai à faire de tes médicaments ?! C'est une excuse, peut-être ?!!

Je recule, désemparé, tandis que mon père brandit sa main pour me frapper. J'ai de plus en plus de mal à retenir Jordan. Je m'en veux terriblement d'avoir oublié mes médicaments. Et si je m'en vais, tout de suite, pour me rendre à l'hôpital, je m'en sortirais peut-être...?

Je me retrouve encore une fois contre ce mur. Ma mère accourt, analysant rapidement la scène.

- Ça suffit ! s'époumone-t-elle.

Mon père interrompt son geste.

- Il ne veut pas mettre la table ! Et il a oublié de prendre ses médicaments !
- Tu as trop bu.

Mon père a un rire sans joie, avant de reprendre son sérieux et toute sa colère. Il explose à nouveau.

- Tu te moques de moi ?!!

Je décide de ne pas écouter la dispute entre mes parents. Je réalise que je suis couvert de bleus, que je saigne, même. Il me faudra encore une excuse, pour mes amis.

Cette fois, c'est encore pire. Mon père est encore plus violent, complètement ivre. Ma mère s'en rend compte trop tard, car maintenant mon père s'avance vers elle. Je ne crois pas à ce que je vois. Avant, c'était que moi, qu'il frappait...

Je n'ose plus regarder la colère de mon père se déchaîner sur ma mère, jusqu'à ce que je me rende compte que c'est trop. Si ça continue, il la tuera. Je ne parviens presque plus à retenir Jordan. Je m'approche de mon père, découvrant au passage le visage ensanglanté de ma mère.

Elle respire difficilement, m'implore du regard. Je ne sais pas quoi faire, contre mon père. Ma mère s'écroule à genoux, épuisée. C'est alors que tout mon contrôle sur Jordan s'évapore, et il prend ma place. Je perds connaissance dans mon propre esprit. Désormais, c'est Jordan qui agit.

Chapitre final
Le crime, partie 2

Jordan:

Reprenant enfin le contrôle de moi-même, je me jette sur le dos du père de Mike. Car moi, je ne suis qu'un étranger, prisonnier dans sa tête depuis plus de dix ans. La mère de Mike semble reprendre ses esprits, elle se relève avec difficultés. Je la déteste, elle aussi.

Mais le pire, c'est le père. Pourquoi s'acharner sur son enfant ? Ce genre de personnes mérite de crever, car même si Mike va en justice, ses parents s'en sortiront avec quelques années de prison.

Je n'ai rien à y perdre. Au moins, après ça, Mike sera heureux. Pour ça, il faut que je trouve un moyen de faire en sorte qu'il oublie tout.

Je commence à frapper le père de Mike. Sa mère recule vers l'escalier, effrayée par ce changement de comportement soudain. Elle ne semble pas saisir que Mike n'est plus là. Elle s'accroche à la balustrade, y laissant des traces de sang.

Je remarque alors qu'elle est mortellement blessée au ventre, par un coup de couteau. Je comprends trop tard que le père de Mike a enfoncé le couteau de boulanger des voisins dans le ventre de sa femme.

Profitant de ce court instant de distraction, le père de Mike me pousse dans les escaliers. Je commence à faire des roulés-boulés dans les escaliers, percutant la mère de Mike sur mon passage. Je me retrouve aux pieds des escaliers, la tête tournante, étalé et couvert de bleus.

Je vois flou, apercevant qu'à moitié la silhouette du père de Mike descendre les escaliers. Je ne compte pas mourir ainsi. Je tourne la tête de l'autre côté pour tenter d'apercevoir la mère de ma deuxième personnalité. Je me trouve nez à nez avec elle. Son regard est vide, elle ne respire plus.

Je ne l'ai pas tuée. Je n'en reviens pas que le père de Mike soit devenu fou à ce point. Je commence à ramper vers la cuisine, à tenter de me relever. Il est tant d'appliquer toute ma rage. Le père de Mike me suit tout en ricanant. Je relève la tête vers la fenêtre et aperçois le voisin, Monsieur Clark, me fixer depuis la fenêtre de sa chambre.

Je lui lance un regard désespéré, mais il se contente de me tourner le dos et de quitter sa chambre. Je parviens au plan de travail mais me relève seul, sentant mes articulations craquer. En plus d'être ivre, le père de Mike a des troubles psychologiques, mais Mike ne le sait même pas, il ne l'a jamais remarqué, alors que lorsqu'il était petit son père se rendait à l'hôpital psychiatrique pendant la nuit.

J'ai conscience qu'en prenant la place de Mike, ses souvenirs s'effacent peu à peu.

Son père s'approche de moi, saisissant le couteau des boulangers. Je me jette sur lui en m'emparant mollement du couteau. Étant donné qu'il est ivre, il met du temps à réagir.

Je lui assène un coup de couteau en plein dans le bras droit. Son sang gicle sur la fenêtre de la cuisine, me donnant la nausée. Le père de Mike pousse un cri de surprise et de colère à la fois. Je le pousse vers le plan de travail. Il se cogne violemment la tête contre les placards au-dessus du plan, à tel point que je remarque des traces de sang dans l'angle où il s'est cogné.

Il tente de me frapper, mais j'esquive. Je lui envoie un coup de couteau qu'il reçoit en plein dans le ventre, déchirant sa peau et laissant beaucoup plus de sang cette fois gicler sur la vitre et même les viennoiseries que les voisins ont apporté le matin même.

Désormais, le père de Mike se tient le ventre à deux mains. Je jette le couteau ensanglanté à côté des viennoiseries. Soudain, la porte d'entrée claque. Je fais volte face vers le hall, où se tient Max, le meilleur ami de Mike, ainsi que Monsieur Clark, le voisin.

Qu'est-ce qu'ils font là ? Profitant de ce moment de distraction, le père de Mike m'assomme avec le manche du couteau des voisins. Je me sens à peine m'écrouler par terre, ma conscience me quittant.

***

Je ne vois plus rien. Tout est noir. Je me débats pour essayer de me réveiller, de voir, mais rien. Je suis emprisonné. Je comprends vite que je suis de retour dans cette prison. Mike a repris le contrôle. Je ne sais pas ce qu'il s'est passé, mais depuis ma prison je peux tout entendre, alors je ne vais pas tarder à le savoir.

***

Mike:

J'ouvre les yeux sur un plafond blanc. Je ne sais pas où je suis. Je me redresse pour observer l'endroit. Je suis chez Max, sur le canapé de son salon. Mon meilleur ami dort profondément sur le sol, entouré de bouteilles d'alcool vides.

Je me rappelle alors la fête. J'ai sans doute dû trop boire pour ne pas me rappeler ce qu'il s'est passé. Max ouvre les yeux avant de se frotter le visage, complètement épuisé. Il se relève sur les coudes avant de m'apercevoir.

- Je suis déchiré, me dit-il.

- Je me rappelle absolument de rien, je réponds.

Mon meilleur ami fronce les sourcils.

- Tu t'es fait quoi ? T'as plein de bleus. Je sais même plus si tu les avais avant la soirée.

Je constate de moi-même les bleus couvrants mes bras et mes jambes.

- Je te raconterai, je réponds.

Je ne sais pas comment j'ai fini couvert de bleus, mais ça me reviendra, peut-être.

- Il est quelle heure ? je demande.

Max se lève pour saisir son téléphone avant de grimacer.

- Il est cassé.

Je trouve mon téléphone dans la poche de mon jean. Il est intact. Je l'allume.

- Il est quatorze heures.

Je fronce les sourcils en constatant que la carte SIM de mon téléphone a disparu. Je me rappelle alors que mes parents doivent sans doute être inquiets, à m'attendre chez moi.

Je me lève brusquement du canapé, entraînant une chute de tension qui me fait plisser les yeux.

- Je dois y aller, je lâche.

Max hoche la tête.

- Je vais devoir débarrasser tout ça avant le retour de mes parents, de toute façon.
- On se voit lundi.
- À lundi.

Je trouve mes chaussures devant l'entrée. Je les enfile et quitte la maison de mon meilleur ami, direction ma maison. Ce qui est étrange, c'est que tout est confus. Je ne me rappelle presque pas de mes parents, juste qu'on est très proches, et que j'aime passer du temps avec eux.

Je croise mes voisins boulangers. Je me rappelle d'eux. Madame Williams me regarde curieusement.

- Bonjour, Mike.
- Bonjour...

Monsieur Williams me regarde de travers, ne dit rien, puis s'éloigne avec sa femme.

An Other World
ELVAN SABATIER

An Other World
CHAPITRE UNIQUE

Je me réveillai en sursaut. Aujourd'hui était un beau matin d'été. Sauf que bien sûr, j'avais cours, au collège.

Il ne me restait qu'un mois, à peine, avant de terminer mon année de quatrième.

Je m'étirai longuement dans mon lit en baillant, pas très pressée de me préparer pour aller en cours. La porte de ma chambre s'ouvrit, et ma mère passa la tête dans l'embrasure.

« Ah, tu es réveillée. Dépêche-toi de te préparer, on doit y aller ! Et oublie pas d'ouvrir tes volets.

– Oui oui, répondis-je. »

Une fois que ma mère sortit de ma chambre, je me levai de mon lit et me dirigeai vers mon armoire pour prendre des vêtements neufs. Je pris des vêtements larges, simples et sombres, comme à mon habitude. J'enfilai mes vêtements.

Ensuite, je m'approchai de l'une de mes étagères et saisis ma brosse à cheveux. Je brossai mes cheveux, face à mon miroir.

D'habitude, je n'aimais pas m'admirer dans un miroir. Je voulais juste me ratatiner sur moi-même. Je n'avais en effet pas une grande confiance en moi.

J'essayai de penser à autre chose.

Au moins, au collège, je n'aurai pas à m'observer dans un miroir. Je me fondrai dans la masse, je retrouverai mes amis, j'aurai des discussions animées avec d'autres personnes…

Je me dirigeai ensuite vers la salle de bain pour me brosser les dents. Je ne mangeais pas, le matin. Après m'être brossée les dents, je revins dans ma chambre.

D'un pas traînant, je me dirigeai vers ma porte-fenêtre, et ouvris les volets.

Ce que je découvris me fit froncer les sourcils. Ma bonne humeur changea brusquement. Il y avait là un sol comblé par la neige, et une vaste forêt blanche et sombre. Les arbres étaient immenses, tous fins et recouverts de neige, sans feuille.

Pour un mois d'été, ce n'était pas normal. Cette forêt sombre me faisait froid dans le dos, j'en avais peur. Était-ce un rêve ? Impossible. Ce paysage m'inspirait un cauchemar. Je ne savais pas pourquoi.

Ce monde me faisait penser à la saga *Le monde de Narnia*, où les héros arrivent dans un autre monde magique.

Curieuse plus qu'autre chose, j'ouvrai ma porte-fenêtre. Je sentis le froid de cet endroit m'envahir. J'ignorai la terrible sensation de froid et avançai dans la forêt.

J'eus la sensation que les arbres me fixaient, m'observaient attentivement, et murmuraient à mon passage. Est-ce que la magie existait, pour que j'atterrisse dans un endroit pareil ?

Soudain, une silhouette se dessina à la lisière des arbres. Elle était immense.

Ses traits se dessinèrent peu à peu. C'était un monstre terrifiant. Il avait de longs bras squelettiques, de grandes jambes velues, et une petite tête sans yeux, juste deux creux à la place.

Sa peau était pâle, presque transparente, et il avait de grandes tentacules visqueuses sortant de son dos.

Le monstre avançait vers moi, et plus il s'approchait, plus je le trouvais terrifiant et laid.

Je fus parcourue d'un terrible sentiment d'effroi lorsque d'autres monstres, exactement similaires, apparurent.

Que voulaient-ils ? Allaient-ils m'attaquer ? Je n'osais pas bouger, comme paralysée sur place.

L'un des monstres était plus avancé que les autres, que je devinais au « chef » de la bande. Je comptais six monstres.

Monstre Numéro Un m'attaqua. Une de ses tentacules vint me frapper de plein fouet.

Je fus éjectée à quelques centimètres du sol avant de m'écraser contre la neige. Je ne cherchais pas à me défendre, contrairement à ce qu'aurait fait n'importe qui.

Je relevai la tête vers les monstres. Je voyais flou. J'apercevais vaguement les monstres se rapprocher pour m'attaquer encore. Je pouvais avoir quelques secondes pour m'enfuir.

Je me relevai avec difficultés et commençai à courir du mieux que je le pouvais dans la direction opposée des monstres. Je reçus un coup dans le dos et fus aplatie contre la neige.

J'espérais de l'aide, un super-héro qui arrive, mais c'était impossible.

Comme aide, j'avais de simples arbres gelés. Je regrettai d'être venue ici.

« Arrêtez, suppliai-je »

Comme réponse, j'eus des rires diaboliques, et de nouvelles attaques. Je secouai la tête pour reprendre mes esprits, complètement sonnée et bouleversée.

« Regardez-la, personne ne la défend dans ce collège tellement qu'elle vaut rien, dit une fille de la bande en riant. »

Les autres élèves, autour, ne faisaient rien pour m'aider, comme une forêt, juste le murmure du vent. Et ces monstres, ce groupe d'amis, qui me faisaient subir la même chose chaque jour, riaient aux éclats.

Moonshine
ELVAN SABATIER

Moonshine
CHAPITRE UNIQUE

C'était un soir de pleine lune. J'avais récemment emménagé dans une grande maison située à la lisière d'une forêt où l'on entendait chaque soir des hurlements de loups. Mon père avait un métier difficile et contraignant qui nous obligeait à changer de domicile régulièrement. Il était chercheur en phénomènes paranormaux, spécialiste des loups garous. Cette maison était une opportunité pour lui, la proximité des fauves lui permettant une meilleure observation de leur mode de vie.

Ce soir -là, j'étais allongée sur mon lit, dans ma chambre, et je lisais un livre sur les sorciers. Tout était calme dans la maison. Mes parents devaient sûrement être dans le salon, je ne sais trop, en tout cas, ils ne faisaient pas le moindre bruit.

J'entendais uniquement la légère brise du vent contre ma fenêtre dont les volets n'étaient pas fermés. Je m'arrêtai dans ma lecture quelques secondes pour réfléchir aux nombreux devoirs que j'avais à faire. C'était bon, j'étais bien à jour.

Rassurée, je poursuivis ma lecture. Je sursautai lorsque j'entendis un bruit d'assiettes fracassées sur le sol. Inquiète, je posai mon livre et sortis de ma chambre pour m'assurer que tout allait bien.

J'espérais entendre des voix venant de mes parents, mais tout était redevenu silencieux. Je me dirigeai vers le salon et la cuisine. Le silence de ma demeure était devenu glacial, voir oppressant.

J'arrivai dans le vaste salon. Il n'y avait personne, hormis une lumière allumée ainsi que l'ordinateur de ma mère, posé sur la petite table en face du canapé.

« – Papa ? Maman ? » appelai-je.

Je n'eus comme réponse que le vent qui s'agitait au dehors. Curieuse, je regardai l'écran de l'ordinateur de ma mère. Celui-ci affichait un article d'une page Internet sur les vampires et les loups-garous. Voilà qu'elle s'intéressait aux travaux de mon père !

Je commençais sérieusement à m'inquiéter de leur absence. Je tentai de me rassurer. Ils étaient forcément là, ils ne m'avaient juste pas entendue…

J'allai dans la cuisine dont la lumière était aussi allumée. Il y avait là, sur le sol, les débris d'une assiette. Mais où étaient mes parents ? Qui avait cassé cette assiette ?

Dehors, le vent était plus agité, son sifflement perçait mes tympans. Je crus voir une ombre passer devant la fenêtre de la cuisine, une ombre de chien énorme.... Or, nous n'avions pas d'animal à la maison et celui-ci était immense...Je frissonnais et mes poils se hérissèrent. Mon imagination me jouait forcément des tours...

Je cherchai mes parents dans tout mon chez-moi. Il n'y avait aucune trace d'eux, ils avaient disparu. J'entendis alors un faible hurlement de loup qui semblait provenir de la forêt.

Je cédai à la terreur. Je ne savais pas quoi faire. Devais-je appeler la police ? Non, j'allai plutôt faire sonner le téléphone de ma mère, elle ne le quittait jamais !

Tremblante, je retournai dans ma chambre. Je pris mon téléphone et appelai ma mère. J'entendis alors la sonnerie de son téléphone résonner depuis sa chambre. J'allai dans la direction de la musique, puis arrivai devant le lit double.

J'appuyai sur l'interrupteur et la lumière clignota avant d'éclairer la vaste pièce.

Je vis le téléphone allumé vibrer sur la table de chevet, située à côté du grand lit. Je raccrochai mon téléphone. Il n'y avait personne ici non plus. Je tremblais comme une feuille. Au dehors, le tonnerre retentissait dans la nuit infernale.

Il y avait une tempête atroce. On pouvait entendre la pluie qui martelait les vitres. La lumière s'éteignit une fraction de secondes avant de se rallumer, ce qui ne me rassura guère. J'entendis la porte d'entrée s'ouvrir en grinçant et sursautai lorsque celle-ci se referma dans un claquement qui résonna dans la maison.

Encore une fois, je ne savais pas si je devais juste me cacher, tenter d'appeler mon père ou même appeler la police. J'entendis des bruits de pas. Je restais figée. Je finis par regarder hors de la pièce dans le sombre couloir. Je vis une silhouette s'y dessiner au bout. Mes mains étaient moites.

« – Papa ? Maman ? » appelai-je en claquant des dents. »

La silhouette se rapprocha. C'était mon père, trempé. Je me sentis soulagée.

« – Que fais-tu, ma chérie ? Il est tard, tu dois dormir, me dit mon père.

– Oui mais j'étais inquiète, où étiez-vous passés ? Et où est maman ? Je veux la voir !

– Écoute, maman et moi nous sommes disputés, elle est partie pour la soirée chez une amie.

– Une amie ? Quelle amie ? Nous ne connaissons encore personne ici ! lançai-je, angoissée.

– Ne m'oblige pas à me fâcher ! Je te dis que ta mère sera de retour demain, maintenant, va dormir ! »

Il hurlait à présent, les yeux injectés de sang, et de la bave lui coulait aux coins des lèvres.

Je filai sans demander plus d'explications et restai éveillée, dans le silence de la nuit, guettant le moindre bruit suspect, le moindre soupir étrange, mais rien, mon père était allé se coucher.

Le lendemain matin, je me levai, me préparai et descendis déjeuner. Sur la table trônait un verre de jus de raisin maison, mon préféré. Un post it était collé dessus :

« *Pour ma fille, son jus de fruits préféré ! Pardon d'avoir crié...je t'aime, Papa* ».

Je le bus avec avidité. Le goût était étonnant, un peu amer et ferreux mais bon, délicieux même….Je partis de chez moi pour aller au collège – ma mère n'était toujours pas là et mon père dormait encore, j'avais du mal à croire à cette dispute et surtout à imaginer qu'elle ait pu me laisser ici seule avec lui. Je marchais à la lisière de la forêt, quand tout à coup, je vis de l'herbe tâchée de sang. Je me penchai pour observer la tâche plus attentivement et découvris une racine enfouie dans le sol. Mon téléphone bipa avec un bruit familier. J'avais reçu un message, il provenait d'un numéro inconnu :

« *Heather, j'espère que tu auras ce message. Pars, enfuis-toi loin de papa ! Cette nuit, il a tenté de m'agresser dans la cuisine. Il est devenu fou et a cherché à se jeter sur moi pour que, à mon tour, je devienne une âme perdue, une louve-garou. Je lui ai jeté une assiette à la figure avant de m'enfuir mais il m'a poursuivie et je me suis blessée en tombant sur une racine dans l'herbe. Des voisins m'ont secourue et je me réveille juste de mon intervention à l'hôpital. Ton père a trouvé un moyen de devenir comme eux, ces créatures qu'il vénère et étudie depuis si longtemps. Il a ingéré du sang de loup et à la pleine lune, il peut se métamorphoser….j'ai peur qu'il ne tente de te faire rejoindre sa meute, n'accepte rien qui vient de lui surtout, et rejoins moi à l'hôpital Chartreuse, je t'aime ma chérie...* »

FIN

PARTY
ELVAN SABATIER

À Tessa et Joey, deux personnes incroyables que j'ai torturé de questions pour cette histoire, sans qu'ils le sachent. Cette nouvelle un peu glauque et légèrement gore est pour vous.

CHAPITRE 1
DANS UN UNIVERS PARALLÈLE...
Mardi 4 avril 2023, Meylan, banlieue de Grenoble

Je lâchai la corde de mon arc. La flèche fila pour se planter dans le rouge, approximativement. C'est compliqué de déterminer l'endroit exact où se logent mes flèches à trente-cinq mètres. J'avais fini de tirer toutes mes flèches. Je regardai à ma droite. Les autres n'avaient pas encore fini. Je posai mon arc à terre. C'était notre dernière volée avant les vacances d'avril. J'avais échoué au passage de niveau, ce qui n'était pas étonnant.

— Flèche.

Je me dirigeai vers ma cible, en diagonale. J'étais le meilleur archer de tout le club. Personne n'était allé plus loin que vingt-cinq mètres, avant moi. J'avais de quoi être fier, mais ça ne me suffisait pas. Je savais que je pouvais faire encore mieux. Je ramassai mes flèches, démontai mon arc puis le rangeai dans l'étui que je mis dans mon grand sac. Je dis au revoir au moniteur et fus soulagé de quitter le groupe de collégiens insupportables qui ne faisaient que de grignoter des bonbons, jouer avec le panier de basket et crier des « Quoicoubeh » à tout va. Je regardai l'heure sur mon téléphone. Il était vingt heures trente pile. Je retrouvai la voiture de mon père sur le parking et m'installai sur le siège passager en claquant la portière derrière moi.

— Ça a été ?
— Ouais.

Je regardai mes messages. Ma meilleure amie, Tess, m'avait envoyé des tas de vidéos sur Instagram. Je lui répondis que je les regarderai chez moi. Elle écrivit :

« J'organise une fête chez moi sameid soir tu peu ? »
« *samedi »

Aïe, les fautes. Je détestais les fêtes. Je n'aimais pas particulièrement les gens non plus. La foule, tout ça. En plus, je ne buvais pas. Mais après tout, c'était ma meilleure amie. Je pouvais accepter pour elle. Je répondis :

« Ouais, si tu veux… »

Elle dit :

« Quoi ? »

Je dis :

« J'aime pas les gens »

Elle répondit :

« Pauvre toi »
« Tes pas obligé de venir si tu veux pas »

Je dis :

« Si si, t'inquiète »

Elle réagit par un petit cœur sur mon message.

« Qui est invité ? »

Elle écrivit :

« Des gens de ma classe, d'autres classes, du lycée,…bcp de monde »

« Même Jamie a accepté de venir »

Jamie était aussi mon meilleur ami. Je répondis :

« Il y aura des gens que j'aime pas ? »

Elle dit :

« Non »

C'était déjà ça. Je sentais déjà que j'allais regretter d'y aller. Je passerai la soirée à poireauter sur un canapé à attendre que le temps passe, en buvant un verre d'eau et à essayer de m'éloigner le plus possible des gens. Tess m'envoya un nouveau message.

« Du coup, Elie, t'es partant ? »

Avais-je vraiment le choix ? On a toujours le choix. Pourtant, j'acceptai quand même.

— Romane ?

Je levai les yeux. Mon père avait arrêté la voiture et ouvert ma portière parce que je ne sortais toujours pas.

— Pardon, lâchai-je en sortant de la voiture.

Je n'aimais pas particulièrement qu'on m'appelle par mon ancien nom. Mais je n'en avais pas parlé à mon père. J'avais peur qu'il réagisse comme ma mère, en disant que j'allais trop loin, que j'étais mieux avant, quand j'étais une petite fille souriante et pleine de vie. Mais les choses ont changé. Ma transidentité était déjà suffisamment compliquée à accepter et à assumer. Je n'avais pas besoin qu'on me complique encore plus les choses.

CHAPITRE 2
LA FÊTE

Samedi 8 avril 2023, Montbonnot St Martin, banlieue de Grenoble

Je dus arriver avant les autres chez Tess pour préparer sa fête. Elle avait prévu de laisser quelques invités trop bourrés dormir chez elle, au cas où. Dont Jamie et moi, même si on ne comptait pas finir bourrés. Tess s'occupait d'accrocher des guirlandes dans le salon, je m'occupais du buffet pour disposer les verres, boissons et nourriture, pendant que Jamie ajustait les lumières.

— Il arrive à quelle heure, le DJ ? je demandai.
— Vingt heures trente ! me répondit Tess.

Je regardai l'heure.

— Donc dans cinq minutes, marmonnai-je pour moi-même.

Les invités devaient arriver à partir de vingt et une heures trente. C'était une soirée déguisée. J'avais mis un costume en mode *Men in Black* parce que ça devait faire deux ans que je rêvais de me déguiser en *Men in Black* un jour. On toqua à la porte.

— Elie, tu peux ouvrir s'il te plaît ? me demanda Tess.
— On est chez toi ou chez moi ?

J'y allai quand même. J'ouvris la porte. Il n'y avait personne. Le soleil se couchait derrière les montagnes. Je sortis ma tête de la maison pour regarder à droite, puis à gauche. Personne. Je refermai vite la porte. C'était exactement le genre de situation qui me faisait stresser à mort. Les gens qui faisaient ce genre de blagues étaient vraiment horribles. Je retournai dans le salon.

— Bah, il est où le DJ ? me demanda Tess.
— C'était personne.
— Comment ça, personne ? dit Jamie en relevant la tête.
— Ben, j'ai ouvert la porte, et il y avait personne.

Tess me dépassa pour retourner à la porte.

— Donc ça a toqué dans le vide ? Personne fait ce genre de conneries, ici, je suis sûre que c'est juste que tu vois rien malgré tes lunettes.
— Mais je sais ce que je vois, quand même !

Je la suivis dans le hall. Elle ouvrit la porte. Un homme d'environ vingt ans se tenait devant, certainement le DJ.

— Tu vois, il est là. Comment ça va, Kylian ? Elie t'a fermé la porte au nez, mon pauvre !

Kylian a l'air perdu.

— Ça va, merci.
— C'est bien toi qui toquais à la porte ?
— Euh, oui.

Tess se tourna vers moi.

— Tu vois !

Ce fut à ce moment qu'on explosa tous les deux de rire, sans vraiment de raison. Tess s'effondra par terre. Je voyais à travers mes larmes le regard de jugement de Kylian. Tess réussit à se relever pour fermer la porte. On réussit à se calmer puis emmenâmes Kylian dans le salon.

Les invités affluèrent rapidement. À vingt deux heures trente, les gens s'entassaient déjà tous dans le salon, à boire et danser. J'avais perdu Tess et Jamie de vue et me réfugiais dans la chambre d'invités, mais des couples ne tardèrent pas à me faire changer de repère. Ça me dégoûtait. Je retournai au salon pour constater l'ampleur des dégâts. Les gens étaient entassés dans la pièce, la musique forte, ils dansaient et sautaient dans tous les sens. Je repérai Tess dans la foule, avec son crush. Elle avait déjà l'air bourrée. Je soupirai et me rendis dans la cuisine. C'était déjà un peu plus calme, mais des verres avaient été renversés de partout, et un groupe de quatre personnes était rassemblé autour du plan de travail et riaient bêtement. Je me servis un verre d'eau dans l'évier. Je bus une gorgée et me retournai. Un couple s'embrassait juste en face de moi. Je crachai mon eau par surprise. J'en avais déjà marre de voir des couples hétéros de partout. Oui, *sérieusement*. Une main se posa sur mon bras et je sursautai. Je tournai la tête vers la personne. C'était une fille que je ne connaissais pas, visiblement bourrée.

— T'es un garçon ou une fille ?

Je me dégageai de son emprise. Je ne pris même pas la peine de répondre à sa question et m'enfuis de la cuisine. Je retrouvai Jamie assis sur un fauteuil dans le hall, en train de boire un verre de je ne sais quoi. Il leva la tête vers moi.

— Ah, tu es là.

Il n'avait pas l'air bourré. Enfin quelqu'un de sobre ici. Je soupirai en m'asseyant par terre, face à lui.

— Ça va pas ?
— J'en ai marre. J'ai envie de gerber.
— T'as bu ?
— Non. Et toi ?
— Non plus.

Je calai ma joue dans ma main.

— Pourquoi t'as accepté de venir si t'aimes pas les fêtes ?
— Pour faire plaisir à Tess.
— Ben c'est con.

Il se leva et bailla.

— Je vais aller un peu dans la foule, voir si y'a des gens que je connais. Tu veux venir ?
— Je vais rester là.
— Sûr ?

— Ouais.

Il s'éloigna dans le salon. Je m'assis sur le fauteuil et regardai l'heure sur mon téléphone. Vingt-trois heures. Ça allait être long.

— Hé, Romane !

J'ignorai cette personne.

— Romane !

Je finis par lever les yeux. Je le reconnus immédiatement. Loïs. Qu'est-ce qu'il faisait là ? Tess m'avait pourtant dit qu'il n'y aurait pas de gens que je n'aimais pas. Il était déguisé en footballeur, un large sourire au visage.

— T'as vachement changé, depuis le collège !

Aussi étonnant que cela puisse être, il était sobre. Il s'assit contre le mur, face à moi.

— Alors, quoi de neuf ?
— Va te faire foutre.

Il éclata de rire. D'un rire insupportable. J'avais vraiment envie qu'il crève. Que quelqu'un vienne lui arracher les deux yeux avant de le faire exploser avec du métal alcalin. Qu'importe. Il se calma.

— On m'a dit que tu es devenu un garçon.

Je ne pris pas la peine de répondre, même si il disait vrai.

— Ça me dégoûte.

J'aurais aimé que n'importe qui arrive à ce moment-là. Loïs était quelqu'un de mauvais. Je savais de quoi je parlais, pour avoir essayé de l'aider pendant deux ans, mais avoir fini harcelé jusqu'à ce que je tente de me suicider. Je sentis mon téléphone vibrer dans ma poche. Je regardai l'écran. Bientôt, Loïs sortit aussi le sien, les autres dans le salon arrêtaient de bouger, les yeux rivés sur leur portable. La musique s'arrêta. Un message apparaissait en blanc sur l'écran noir.

Bienvenue. Veuillez appuyer sur le bouton « Start ».

Mes yeux descendirent plus bas, où figurait un bouton « Start ». Il y eut des sons de messagerie tout autour.

— Appuyez sur start ! cria quelqu'un dans le salon.

Est-ce que Tess avait préparé un jeu ? Non, elle m'en aurait parlé, sinon. Je ne touchai à rien, esprit paranoïaque que j'étais. Je me levai et me penchai sur le téléphone de Loïs, qui avait déjà appuyé sur « Start ».

— Qu'est-ce que c'est ? je lui demandai.

Il ne répondit pas. Je partis dans le salon à la recherche de Tess et Jamie. Je trouvai Tess en première.

— C'est toi qui as organisé ça ? je lui demandai.

— Non, c'est quoi ?

Je lui pris son téléphone des mains.

`Bonsoir, Tess. En attente des autres joueurs...`

— Il y avait marqué autre chose, avant ? lui demandai-je.
— Ils ont juste demandé mon nom.

Elle n'avait pas l'air très sobre. Peut-être pas complètement bourrée non plus, mais elle avait tout de même enchaîné quelques verres. Mes mains tremblaient. J'angoissais. C'était typiquement une situation de film d'horreur. Ou peut-être que quelqu'un nous faisait juste une blague ? Quoi qu'il en soit, je ne voulais pas prendre le risque d'appuyer sur ce fichu bouton. Il devait forcément avoir un moyen de quitter ce truc, ça devait être une sorte d'application, ou un piratage. De plus en plus de téléphones émettaient un bip sonore, signe que, je supposai, les gens appuyaient sur « Start ». Je rejoignis Jamie, non loin. Lui aussi avait appuyé, et son téléphone affichait la même chose que celui de Tess. J'avais regardé suffisamment de films pour savoir que ça pourrait mal finir. C'était aussi peut-être à cause de mon angoisse pour tout et n'importe quoi.

Je me ruai hors du salon sous la vague de questions de Tess, à la recherche d'un ordinateur. Je devais trouver un moyen d'enlever ce piratage. Je me rendis directement dans la chambre de Tess, qui était vide, heureusement. Je fouillai de partout à la recherche de son ordinateur portable, et finis par le trouver dans son armoire. Je l'allumai. Sans surprise, il fallait un mot de passe. Je tentai celui de son téléphone, que je connaissais. L'ordinateur se déverrouilla. Mon chargeur de téléphone était dans ma poche. Ce serait risqué de le brancher à l'ordinateur, mais je le fis tout de même. Une série de codes s'ouvrit, qui s'agrandissait encore et encore. Je quittai le logiciel et me rendis sur « Ce PC ». J'ouvris les données de mon téléphone. Il n'y avait qu'un seul dossier, intitulé « PARTY ». Je l'ouvris. Il y avait des tas de fichiers de notes chiffrés. Je cliquai sur retour, puis je supprimai le dossier en retenant mon souffle. Les données de mon téléphone réapparurent. Je regardai l'écran de ce dernier. Il s'était éteint. Je l'allumai. Il était redevenu normal. Je soupirai de soulagement, le débranchai et éteignis l'ordinateur.

Ce fut là que je le vis. Un téléphone, posé sur le lit de Tess.

Bonsoir, Elie. Le jeu va commencer.

Non. À qui était ce téléphone ? J'étais certain qu'il n'y était pas tout à l'heure. Je regardai autour de moi, la respiration rapide, le cœur battant. Personne. Je m'emparai du téléphone et le jetai contre l'armoire de Tess. Il s'écrasa contre le miroir qui se fissura. Encore plus film d'horreur. Je le ramassai par terre. J'avais seulement fissuré l'écran. Je me dirigeai vers la fenêtre. Comment s'assurer de le casser ? Non. Je revins vers le bureau. Rien d'assez solide. Je jetai le téléphone par terre. Puis le ramassai. Encore et encore. Puis je sautai dessus. Jusqu'à ce qu'il se brise entièrement. Je regardai à nouveau autour de moi, pris mon téléphone, l'éteignis pour de bon, et quittai la pièce en éteignant la lumière. Je revins dans le salon. Les gens avaient les yeux rivés sur leur téléphone. Je m'approchai de Tess et regardai son écran.

`Première manche`

Le message disparut.

`C'est le tour de Clara !`

Tous les regards se tournèrent vers la fille appuyée sur le mur opposé à nous. Je la connaissais. C'était la fille que Tess détestait. Qu'est-ce qu'elle faisait là, elle aussi ? Tess ragea à côté de moi.

— Qu'est-ce qu'elle fout là, putain !
— Il y avait Loïs aussi, je lui murmure.

Un nouveau message apparut sur les téléphones.

`Allume la télé et mets la cassette.`

— Quelle cassette ? lâcha Clara.
— Celle-là, je crois, lui répondit quelqu'un près de la télévision.

La cassette passa de main en main jusqu'à Clara.

— C'est naze, comme jeu, bougonna cette dernière.

J'avais un très mauvais pressentiment. OK, ce n'était qu'une cassette. Mais quand même. Pour avoir regardé *le Cercle*, les cassettes, c'était mauvais signe. Je ne savais même pas que Tess avait un lecteur de cassettes. Elle non plus, visiblement, parce qu'elle ne comprenait pas comment Clara pourrait bien mettre la cassette. Les gens s'écartèrent sur le passage de Clara, qui alla jusqu'à la télévision et inséra la cassette dans un lecteur sorti de nulle part. L'écran s'alluma. Il n'y avait rien d'autre qu'un grésillement. Assez fort. L'écran était gris et balayé de rayures, comme si la télé buguait.

— Elle marche même pas, lâcha Clara.

Tess reprit ses esprits, à côté de moi. Elle s'avança vers Clara.

— Bon, maintenant, tu dégages de ma fête.

Clara était trop saoul pour riposter. Tess l'entraîna hors de la pièce, et j'entendis la porte d'entrée claquer tandis qu'un nouveau message apparaissait sur le téléphone des autres. J'allai voir Jamie pour lire.

C'est le tour de Tess !

Tess revient dans le salon à ce moment-là, les yeux rivés sur son écran.

Bois dix verres de l'alcool de ton choix.

Elle se dirigea vers le buffet.

— Elle va vraiment le faire ? je demandai à Jamie.
— C'est pas mal, comme jeu. C'est toi qui l'as organisé ?
— Non, non ! C'est louche. Si ça se trouve, ça va tourner en truc morbide. Je le sens pas du tout.
— Ben, pas pour l'instant.

J'étais presque énervé qu'il n'en ait rien à faire. Tess était en train d'enchaîner ses dix verres.

Le tour continua ainsi et passa par tout le monde dans la pièce. Les gages étaient plutôt simples, et pas morbides. Pour l'instant. Je pouvais toujours quitter la maison et rentrer chez moi. Mais j'avais toujours peur que quelqu'un nous attende dehors pour nous tuer si nous tentions de nous enfuir. On ne savait jamais. Et en plus, il faisait nuit.

CHAPITRE 3
DEUXIÈME MANCHE
Samedi 8 avril 2023, Montbonnot St Martin, 23:36

Deuxième manche

Je vérifiai mon téléphone. Il était toujours parfaitement éteint. Tant mieux. Je regardai le téléphone de Jamie.

Au tour de Tess !

La télé grésillait toujours, et ça en devenait insupportable. Nouveau message.

Pends le cadavre de ton ennemie devant ta maison.

J'en étais sûr. On passait enfin aux gages morbides. Cette fois, autre chose était affiché en dessous. Un compte à rebours. De quinze minutes.

— J'en étais sûr. Vous m'avez pas écouté.

Jamie lève les yeux.

— C'est peut-être une blague.
— Ou peut-être pas. Qu'est-ce qu'il va arriver à la fin du chronomètre, hein ? À mon avis, elle va mourir, ou je sais pas trop quoi. Je suis presque sûr que le cadavre de Clara attend devant sa porte d'entrée.

— Elle est partie, pourtant.

En attendant, Tess était complètement ivre, assise contre le mur à planer. J'allai la voir et la secouai.

— Hé. Un gage t'attend.
— T'as vu, la télé a plein de traits. C'est marrant.

Elle se mit à rigoler toute seule. Je la tirai par le bras pour la relever. Qui avait bien pu avoir l'idée d'un jeu aussi morbide ? Même moi, je n'étais pas assez psychopathe pour faire ce genre de choses. Les autres parlaient tous dans la salle, leur attention détournée. Je traînai Tess hors du salon. Jamie nous suivit.

— Va voir si un cadavre traîne devant la porte, lui lâchai-je.

Ce qu'il fit alors que j'approchais avec Tess. Il plaqua une main sur sa bouche dès qu'il ouvrit la porte. OK, il y avait bien un cadavre. J'arrivai devant la porte. Je faillis vomir en apercevant le cadavre de Clara, parfaitement allongé devant la porte. J'en lâchai Tess. D'après les marques dans son cou, quelqu'un l'avait étranglée. Sa peau était pâle et bleutée à la lumière de la lune. Jamie vérifia d'un coup d'œil autour de l'entrée, mais il n'y avait personne dehors. Le grésillement de la télé avait servi à camoufler le son des cris de Clara, si jamais elle s'était mise à hurler. Jamie regarda son téléphone. Il restait dix minutes.

— Je te l'avais dit, marmonnai-je.
— Putain, ça craint.

— Sans blague. Je suis trop intelligent pour vous, faut croire.

— Hé oh. Qu'est-ce qu'on fait ?

— Selon mon hypothèse et d'après les films d'horreur que j'ai vus, il faut que Tess pende Clara si elle ne veut pas mourir.

— Mais elle est bourrée, elle y arrivera jamais.

— Sauf si on l'aide.

— Je veux pas participer à ce truc.

— Je peux l'aider. Je participe pas au jeu, donc je compte pas.

Ne pas participer au jeu signifiait aussi qu'à tout moment, le cinglé qui orchestrait le jeu pouvait ordonner à quelqu'un de tuer le seul type qui n'avait pas appuyé sur « Start ». Donc moi.

— Trouve une corde assez solide.

Jamie repartit en quête d'une corde.

— Pourquoi je dois la pendre ? Qu'elle se démerde, marmonnait Tess.

Je m'assis à côté d'elle.

— Parce qu'elle est morte.

— Morte ? Mais je vois pas les Enfers.

— T'es bourrée.

— Non. Du tout.

Jamie revint.

— J'ai trouvé ça.

Je me relevai pour examiner la corde qu'il avait prise.

— Parfait. Fais un nœud en double huit.

Il s'exécuta tandis que j'aidais Tess à se lever. Même si les nœuds de huit ne servaient pas à faire des cordes pour se pendre, ça devrait faire l'affaire. Je repérai à la lumière de la lune un arbre dans le jardin de Tess avec une branche plutôt horizontale et épaisse. Je pointai l'arbre du doigt.

— Ici.
— On va pendre un cadavre, trop cool, lâcha Tess.
— Va à côté de l'arbre, toi.
— Vous allez me pendre ?
— Mais non.

Elle commença à tituber en direction de l'arbre que je lui avais désigné. Jamie m'aida à traîner le corps de Clara jusqu'à l'arbre en question.

— Il reste combien de temps ? lui demandai-je lorsqu'on fut arrivés.

Il sortit son téléphone de sa poche.

— Cinq minutes.

Je pris la corde et la lançai sur la branche. Je réussis du premier coup. La tête de Tess tomba sur mon épaule.

— Vomir, bougonna-t-elle.

Je m'écartai d'elle.

— Vomis dans l'herbe, ou dans un buisson, alors.

Elle s'éloigna vers le buisson le plus proche, et je l'entendis vomir. Je baissai les yeux sur mes mains. Elles tremblaient beaucoup. Je sursautai lorsque Jamie se mit à parler.

— Où est Tess ?

— Elle est partie vomir dans le buisson là-bas.

— Je la vois pas.

Je tournai la tête vers le buisson. Je ne distinguai aucune silhouette dans l'obscurité.

— Tess, t'as fini ? demandai-je assez fort pour qu'elle m'entende depuis le buisson.

Pas de réponse.

— Elie, il reste une minute.

Je m'approchai du buisson. Tess n'y était pas.

— Tess ?

C'était mauvais signe. Soit elle avait été tuée par la personne qui avait tué Clara, soit elle s'était enfuie je ne sais pourquoi ni comment, soit elle me faisait une blague et allait sortir du buisson d'une seconde à l'autre en criant « Bouh ! ». Sauf que ce n'était aucune de ces options. Elle était en train de ronfler, tête la première dans le buisson.

— Sans déc'.

Je la tirai hors du buisson et vérifiai qu'elle était vivante. Elle l'était. Je la secouai pour la réveiller.

— Hmmm. Quoi ?

Je la traînai jusqu'à l'arbre, et à l'endroit où il fallait tirer la corde. Je posai ses mains dessus puis retournai vers Jamie.

— On va devoir passer la tête de Clara dans la corde.
— T'es sérieux, là ?
— Je veux pas que Tess meure.

Il soupira.

— On va avoir de gros problèmes.

Je pris la boucle de la corde et la passai autour de la tête de Clara, puis je retournai vers Tess.

— Tire la corde.

J'eus peur qu'elle ne le fasse pas, mais elle s'exécuta tout de même, en s'écroulant par terre au passage. Le cadavre se souleva de terre, jusqu'à ce que ses pieds ne touchent plus le sol. Je tournai la tête vers la fenêtre du salon. Des dizaines de têtes nous fixaient avec de grands yeux ronds. J'entendis une petite musique en provenance de la poche de Tess, du cadavre et de Jamie.

— Ça a marché ?

Jamie me rejoignit pour me montrer son téléphone.

Bravo !

Le message disparut.

Au tour de Loïs !

— On ferait mieux de retourner à l'intérieur, marmonnai-je.

Tess avait relâché la corde et fixait la lune d'un air perdu. Ça aurait pu être hilarant sans ce qu'il venait de se passer. Je la pris par les bras pour la relever et nous retournâmes tous trois à l'intérieur de la maison. Une fois la porte verrouillée, Jamie me montra l'écran de son téléphone.

Avale deux boîtes de médicaments.

En dessous s'affichait un temps. Dix minutes. On retournait dans le salon. Les gens s'étaient écartés de Loïs et le fixaient avec des yeux terrorisés. J'étais partagé. Je le détestais. Mais d'un autre côté, est-ce que les gens méritent de mourir de cette façon ? Dans son cas, je n'éprouvais pas beaucoup de pitié. Loïs commença à éclater de rire. Argh, j'avais envie de l'étriper. Non, ce n'était pas sérieux, mais son rire était tellement insupportable !

— C'est n'importe quoi ! s'écria-t-il.

Il pointa un doigt dans ma direction. Les gens s'écartèrent.

— C'est toi, pas vrai ? *La seule* à ne pas y participer. Tu cherches encore à me faire du mal alors que je t'ai rien fait !

Je ne pris pas la peine de répondre. Je lui tournai le dos, lançai un doigt par-dessus mon épaule, et quittai le salon. Je partis me réfugier dans la cuisine. Il fallait que je trouve une solution pour arrêter le jeu au plus vite. Je pouvais retourner chercher l'ordinateur de Tess, mais ce serait beaucoup trop long si je passais les téléphones de tout le monde pour supprimer le fichier de piratage. Qu'est-ce que je pouvais faire ? Combien de temps allait durer ce jeu ? J'entendis quelqu'un entrer dans la cuisine. Je me retournai. C'était Jamie.

— Ça va ?
— Ouais.
— Loïs a décidé d'attendre la fin du compte à rebours.

Je hochai la tête en silence.

— Tu crois qu'il va mourir ?
— J'en sais rien. C'est tout à fait possible.
— Comment ça se fait que tu y participes pas ?

J'arquai un sourcil.

— Tu penses que c'est moi qui organise tout ça ?
— C'est pas ce que j'ai dit.
— J'avais un mauvais pressentiment, je voulais pas appuyer sur Start, ça ressemble trop aux films. Alors je suis allé dans la chambre de Tess et je me suis connecté à son ordi, et il y avait juste un fichier que j'ai supprimé. Et j'ai éteint mon téléphone.

Jamie hocha la tête. La musique reprit dans le salon.

— Et si on cherchait des indices ? Pour trouver qui est à l'origine du jeu, criai-je par-dessus le bruit.
— Si tu veux.

Génial, comme ça, j'avais moins de chances de me faire kidnapper ou poursuivre ou je ne savais trop quoi. Au pire des cas, nous serions kidnappés à deux. Je posai les mains à plat sur le plan de travail.

— OK, alors on va commencer par fouiller les lieux. Si c'est pas quelqu'un de la fête, c'est quelqu'un qui nous observe. On peut fouiller la chambre de Tess, le jardin, la chambre d'amis, voire toutes les pièces de la maison.

— Bonne idée.

On quitta la cuisine et alla à l'étage, dans la chambre de Tess. J'allumai la lumière et fermai la porte derrière nous.

— Le téléphone et le miroir cassé, c'est moi.

— Quel téléphone ?

Je me tournai vers le centre de la pièce, là où j'avais laissé plus tôt le téléphone. Disparu. Je regardai en direction du miroir. Intact. La fenêtre de la chambre était grande ouverte, l'armoire aussi, les tiroirs des bureaux également, sans oublier les piles de vêtements et de toutes sortes d'objets éparpillés de partout par terre et sur les meubles.

— Wow.

— C'est toi qui as fait ça ?

— Non ! Quand je suis venu tout à l'heure, j'ai trouvé l'ordi de Tess dans son armoire, je l'ai rangé, et ensuite, il y avait un téléphone sur le lit, avec le truc du début et Start. J'ai paniqué, je savais pas à qui est-ce qu'il appartenait, alors je l'ai cassé en cassant le miroir au passage, sans faire exprès. Mais il n'y avait pas…tout ça. Et la fenêtre était fermée.

— C'était à quelle heure ?

— J'en sais rien, il devait être vingt trois heures…dix ou quinze, par là.

— Et il est ?

Je réalisai à ce moment que nous n'avions aucun moyen de savoir l'heure. Les téléphones n'affichaient plus l'heure à cause du piratage. Et Tess n'avait aucune horloge.

— C'est comme si le meneur du jeu voulait qu'on perde la notion du temps. Ce qui veut dire que le jeu pourrait se finir une fois qu'on serait tous morts.

— Tu as des pensées trop sombres.

Je haussai les épaules. Je me dirigeai vers l'armoire et regardai à l'intérieur. Le PC de Tess avait disparu.

— Plus d'ordinateur.
— J'ai trouvé quelque chose.

Je me retournai. Jamie regardait en direction du bureau. Je le rejoignis. Il y avait des tas de dessins, certains froissés, éparpillés, ou en boule. Tous semblaient représenter une créature grande et fine, le genre de choses que je voyais sur mes jeux vidéos de backrooms.

— Oh putain, lâchai-je.
— Il y avait ça tout à l'heure ?
— Je crois pas.
— Tess dessine ?
— Non. Pas à ma connaissance. Pas aussi bien, en tout cas.

Les yeux de la créature semblaient nous fixer sur tous les dessins, avec son sourire étiré. C'était le genre de dessins que *je* dessinais.

— Ce doit être une coïncidence.

Je tournai la tête vers Jamie. Il avait l'air serein. Pas effrayé du tout. Tout à fait normal. Pas étonnant de lui, en même temps. Je haussai les sourcils, avant de le regarder très mal.

— Pardon ? Tu te fiches de moi là ?

Je désignai tour à tour le bureau, puis nous.

— Ça là, une coïncidence ?
— On est pas dans un film d'horreur.
— Mais !

Je faisais de grands gestes pour désigner toute la pièce.

— On a dû pendre quelqu'un ! Tu es trop habitué aux trucs gores, toi !

Il explosa de rire.

— C'est toi qui as tout organisé, en fait ? lui demandai-je.
— Non, je te jure !

Je pris un vêtement au hasard par terre et lui lançai dessus.

— Arrête de te foutre de moi !

Même moi, je commençais à rire. Il me renvoya le vêtement – une jupe – et on partit en bataille de vêtements, alors que ce n'était pas vraiment le moment de plaisanter. Un cri nous interrompit. La musique du salon avait été coupée.

— Le compte à rebours doit être fini, dis-je.

On se précipita hors de la pièce et dévalâmes les escaliers pour se retrouver dans le salon. Les invités avaient formé un cercle autour du milieu de la pièce. Je poussai quelques personnes pour avancer et apercevoir ce qu'il se passait. Je me retrouvai en première ligne. Loïs était au milieu de la pièce, dans une sorte de position d'araignée, ses bras et ses jambes formant des angles inquiétants. Sa bouche était grande ouverte, et des insectes en sortaient ainsi que par ses yeux qui avaient disparus, et par ses oreilles. Quelqu'un dans la foule vomit. Jamie m'avait rejoint, et je n'avais aucune idée d'où se trouvait Tess.

— Et ça aussi, c'est une coïncidence ? murmurai-je.

Jamie me montra l'écran de son téléphone.

`0:00:00`

`Le compte à rebours est terminé !`
`Résultat : Échec.`
`Élimination du joueur...`

Loïs fut parcouru de spasmes, ce qui agrandit le cercle. On entendit ses os craquer, puis du liquide noir commença à sortir de ses yeux. Les insectes – des cafards et des blattes – commençaient à s'éparpiller sur le sol et à se diriger vers les invités. La foule s'agita. Certains hurlèrent en tous sens, d'autres sortirent en courant, quelques uns étaient allés retrouver le buffet, tandis que d'autres, comme Jamie et moi, restaient plantés et regardaient le spectacle. Soudain, le corps de

Loïs retomba lourdement sur le sol. On attendit quelques secondes. Il ne bougeait plus. Je regardai le téléphone de Jamie.

Au tour de Jamie !

Oh non. Je regardai mon meilleur ami avec de grands yeux effrayés. J'avais eu raison depuis le début. Ce genre de mort n'avait rien de naturel, à moins que Loïs ait simulé sa mort, ce qui n'avait absolument rien de drôle, et plus on avançait, moins tout ça ressemblait à un prank. La télévision continuait de grésiller. Les autres s'étaient calmés pour la plupart, deux personnes s'étaient avancées pour vérifier que Loïs était mort. Les têtes étaient tournées sur les téléphones.

Reste sur le toit de la maison jusqu'à la fin de la manche !
0:14:58

— Ah ben facile ça.
— Attends.
— Quoi ?
— Oublie pas que la dernière personne à être sortie était Clara, et elle est morte. En plus il fait nuit, tu vas rien voir.
— J'ai pas le choix.
— Si, j'ai une idée. On va trouver des trucs pour te défendre. Et je viens avec toi. On sait jamais.
— T'exagère pas un peu, là ? Si tu veux, je prends des trucs pour me défendre, mais toi tu restes là pour surveiller Tess, et tu viendras me chercher à la fin de la manche pour tout me raconter, comme ça.

— OK. T'es sûr ?
— Mais oui.
— Je vais chercher Tess pour savoir comment monter sur le toit. Trouve des trucs pour te défendre, en attendant.
— On fait ça.

Il s'en alla dans la foule. Je partis en direction du buffet, demandant çà et là si quelqu'un savait où était Tess. Personne ne l'avait vue, apparemment. Je ne la trouvai pas au buffet. Ni dans la cuisine. Ni dans la salle de bains, les toilettes, ou la chambre d'amis. Elle n'était pas dans la chambre de ses parents. Il ne restait que sa chambre. Je pris une grande inspiration avant d'en ouvrir la porte. La lumière était éteinte. Je l'allumai, le cœur battant. La pièce avait encore changé. Il n'y avait plus de bazar, tout était parfaitement rangé. Les dessins avaient disparu du bureau. J'entrai dans la pièce. La fenêtre était encore ouverte. Le plus inquiétant, c'était la traînée de sang séché sur le sol. Elle allait du pied du lit à la fenêtre. Je fus parcouru d'un frisson. Je m'avançai à la fenêtre et regardai dehors. Je sursautai et reculai d'un bond lorsque j'aperçus deux yeux et une grande silhouette fine dans le jardin. J'étais presque certain qu'il s'agissait de la créature des dessins. Soudain, la porte de la chambre s'ouvrit. Je m'appuyai contre le lit, ne sachant pas de quelle côté était la menace la plus important. Je baissai ma garde lorsque je vis que c'était Jamie.

— Ça va ?
— J'ai crû voir le truc des dessins par la fenêtre, tu m'as fait peur !

— Comment ça ?

Jamie s'avança vers la fenêtre et passa sa tête dehors. Puis il se tourna vers moi.

— Je vois rien.

Je montrai du doigt les traces sur le sol.

— Et ça ? Tu as pas remarqué que la chambre est de nouveau rangée ?

Il pinça les lèvres.

— Tu as trouvé Tess ?
— Non. J'ai cherché de partout. Et toi, tu as trouvé quelque chose ?

Il lève d'une main un balai.

— Super.
— Tu crois pas qu'il y a déjà une échelle dehors qui mène au toit ? Il me semble que le père de Tess y faisait des travaux.

Je levai un doigt.

— C'est vrai.
— Je vais y aller. Trouve Tess en attendant.

Je n'étais pas serein du tout. Mais j'acquiesçai quand même. Je regardai Jamie quitter la pièce. Et si je rallumais mon téléphone pour appeler la police, ou n'importe qui ? J'avais peur. Peut-être qu'en rallumant le téléphone, le jeu commencera pour moi aussi. J'ouvris l'armoire. L'ordinateur de Tess n'y était pas. Donc si le jeu se remettait en place sur mon téléphone, je ne pouvais plus l'enlever. Je quittai la chambre sans y éteindre la lumière, et retournai dans le salon. Jamie était déjà parti, et aucune trace de Tess. Je refis un tour complet de la maison. Disparue. Je finis par rester dans le salon avec les autres invités. Peut-être que Tess était sortie, et j'allais la retrouver en cherchant Jamie à la fin de la manche. Et si les traces de sang était le sien ? Ce jeu devenait de plus en plus angoissant. Je regardai par dessus l'épaule de quelqu'un pour apercevoir son écran.

0:00:00
Le compte à rebours est terminé ! Résultat : Réussite.

L'écran changea.

Bravo !

Le message disparut.

Au tour de Camille !

Je ne connaissais pas Camille, mais j'espérais que le gage ne serait pas pire que ceux d'avant.

Tue le joueur de ton choix !
0:19:59

J'étais éliminé du gage, c'était déjà ça. Les gens regardaient autour d'eux, à la recherche de Camille, et en même temps angoissés à l'idée d'être assassinés. Une minute passa sans que personne ne bouge. Puis on entendit des cris en provenance de la cuisine. La plupart des personnes de la pièce restèrent pétrifiés, mais certains se ruèrent vers la cuisine ou fuirent le salon. Puis il y eut plusieurs hurlements, pas que de la cuisine. Des dizaines, qui semblaient être dans toute la maison. Les gens autour de moi s'étaient agités, ils semblaient vouloir sortir de la maison. Je fus envahi par les gens, pressé de part et d'autre. La foule poussait en tous sens. Je vis une fille tombée par terre pas loin de moi. Les gens n'en avaient rien à faire, ils la piétinaient tandis qu'elle pleurait et leur criait d'arrêter. Je me frayai un chemin jusqu'à elle difficilement, mais réussis à l'atteindre. Je l'attrapai par les bras et la relevai. Elle me regarda de ses yeux humides.

— Merci.
— Ça va ?

Elle hocha la tête, même si ça n'avait pas l'air d'aller. Elle était déguisée en *Max Mayfield* dans *Stranger Things*, ce qui lui allait parfaitement bien d'autant plus qu'elle était rousse. Elle sortit de la poche de son jeans son téléphone. Il était cassé. Ce qui voulait dire qu'elle ne participait pas au jeu. Elle le tapa dans sa main comme si elle espérait le faire marcher. La foule avait arrêté de nous pousser en tous sens, car il restait beaucoup moins de personnes.

— Est-ce que je peux suivre le jeu sur ton téléphone.

Je lui montrai l'écran éteint de mon téléphone.

— J'y participe pas.

Elle eut l'air surprise.

— Comment tu as fait ?
— Longue histoire. Tu t'appelles ?
— Sky. Et toi ?
— Elie. Enchanté. J'aime bien ton prénom. Et ton déguisement.
— Merci. De même.

Je me souvins de mes devoirs. Trouver Tess. Suivre le jeu. Aller chercher Jamie. Il restait encore la majorité des joueurs dans le salon, mais presque la moitié avait disparue. Je regardai les écrans autour de moi.

Bravo !

Donc Camille avait tué quelqu'un. Génial.

Au tour de Charlie !

— C'est à un certain ou une certaine Charlie.

Sky écarquilla les yeux.

— Je le connais.

Je n'osai pas demander qui c'était ni son lien avec lui. Ça ne me regardait pas.

Sors dehors avec tous les cadavres de la maison !
0:04:57

— Il lui reste moins de cinq minutes.
— Il faut que je le trouve !

Sky n'hésita pas et s'en alla dans la foule. Est-ce que je devais la suivre ? Je le fis sans lui demander la permission. Je pouvais aider. On sortit du salon. Je vis alors la porte d'entrée grande ouverte. Je crus distinguer plusieurs silhouettes au dehors. Sky, devant moi, s'était arrêtée elle aussi et regardait par la porte. Elle se tourna vers moi.

— Tu me suis ?

— Euh…oui, désolé. Est-ce que tu as besoin d'aide ?

Elle gloussa.

— T'inquiète pas, je sais que tu n'avais pas de mauvaise intention. Ce serait pas de refus. On va voir dehors ?

J'acquiesçai prudemment. Je me méfiais quand même un peu d'elle. Si ça se trouvait, c'était elle la responsable de ce jeu. Ne jamais faire confiance aux gens, même si elle devait être dans notre lycée et que Tess la connaissait sûrement. Je la suivis dehors, mais lorsque je fis un pas, je sentis quelque chose craquer sous mon pied. Le sol n'était pas plat du tout. La lumière était faible derrière nous, je n'arrivais pas à distinguer ce qui était par terre.

— Qu'est-ce que c'est ? chuchota Sky.

Je me souvins que Tess avait une lumière pour l'extérieur de la maison.

— On peut allumer la lumière. Viens.

Si je me rappelais bien, l'interrupteur était juste à côté de la porte d'entrée, à l'intérieur. Je revins sur mes pas et trouvai l'interrupteur au bon endroit. J'allumai la lumière de dehors. Puis on retourna sur le perron. Je me pétrifiai. Des cadavres étaient éparpillés devant l'entrée de la maison, et je ne pouvais pas distinguer jusqu'où le massacre s'étendait. Le bras sur lequel j'avais marché plus tôt s'avérait être celui de Tess. Je plaquai une main sur ma bouche, les larmes me montant aux yeux. Je m'accroupis à côté du cadavre. Elle n'avait plus de yeux, alors que ses paupières n'étaient pas fermées. Sa bouche était grande ouverte, ses cheveux emmêlés en tous sens, et elle portait encore son déguisement de vache. Ses jambes et ses bras étaient tordus comme ceux de Loïs au moment de mourir, ce qui, pour renvoyer au déguisement de Sky, donnait une ambiance de saison 4 de *Stranger Things*. Sauf que là, ça ne se résumait pas à quatre victimes, mais à une dizaine ou une vingtaine. Je n'osai pas chercher le cadavre de Jamie. J'avais l'impression d'avoir manqué des manches ou des tours. Je me tournai vers Sky. Elle avait l'air sous le choc. OK, elle ne pouvait pas avoir dirigé le jeu, c'était certain.

— I…Il…faut qu'on trouve Charlie.

Je hochai la tête.

— Allons-y.

Je me relevai et suivis Sky vers l'intérieur de la maison. On ferma la porte d'entrée. Je sursautai. Quelqu'un déguisé en *Wonder Woman* se tenait devant nous.

— Charlie !
— Sky ! Tu es vivante !

— Combien de temps il te reste ?

— Mon tour est fini depuis un moment, on en est à une certaine Lola.

Étrange. On avait passé tant de temps à aller dehors ? On le rejoignit tous deux pour regarder son téléphone.

Retrouve l'ordinateur de Tess !
0:01:41

— Hé, mais tu es la…le meilleur ami de Tess, non ? Tu dois savoir où il est, n'est-ce pas ? On a décidé de tous s'entraider ! dit Charlie.

Tous deux me regardaient avec des yeux pleins d'espoir.

— Euh…Justement, c'est pas possible.
— Comment ça ?
— De base, il est dans l'armoire de Tess, mais quelqu'un l'a volé. Tout à l'heure, je voulais aller le chercher, mais il avait disparu.

Sky ouvrit de grands yeux.

— Oui, il a raison, j'étais avec lui ! Je pense que quelqu'un a dû le prendre pour s'amuser. Vous avez regardé la chambre d'amis ?

Je ne compris pas pourquoi elle mentait, mais je ne dis rien.

— Pas con. Vous voulez venir avec moi ?
— On va aller fouiller la cuisine, on se retrouvera plus tard.

Charlie approuva et s'éloigna vers la chambre d'amis.

— Pourquoi ? demandai-je à Sky, une fois seuls.

— Ne dis surtout pas ce genre de choses, ou les gens vont penser que c'est toi qui es derrière le jeu. Déjà que tu n'y participes pas…s'ils pensent que c'est toi, qui sait comment ils pourraient réagir. Même si je ne sais pas si je peux te faire confiance, je ne pense pas que tu en sois à l'origine.

Très intelligent de sa part. J'aurais dû y penser plus tôt.

— Tu as raison.

— On va voir la cuisine ?

Je n'étais clairement pas en état de m'amuser à chercher l'ordinateur de Tess alors que je venais de voir son cadavre devant chez elle. Je suivis quand même Sky dans la cuisine. Si ça se trouvait, elle comptait y prendre un couteau pour me tuer. Je ne me laisserais pas faire aussi facilement, puisque je devais aller chercher Jamie ensuite, même si je n'avais aucune idée de s'il était toujours vivant ou pas. Je n'aurais jamais dû accepter de le laisser monter seul sur le toit, alors que tous ceux qui sortaient de la maison mouraient. Alors que je regardais Sky fouiller les placards de la cuisine, on entendit des cris à l'étage.

— Allons voir.

Pourquoi est-ce que je discutais avec une fille que je ne connaissais absolument pas et pourquoi est-ce que je la suivais là-dedans ? Je n'en avais aucune idée. Il ne me restait plus grand monde avec qui rester. Les cris venaient de la chambre de Tess. Je commençais à détester cette pièce. On y trouva un petit cercle autour de Lola, en train de vivre la même scène de décès que Loïs. Sky cacha ses yeux derrière ses mains.

— Vous êtes là !

Charlie venait d'arriver. Il me montra l'écran de son téléphone.

```
0:00:00
Le    compte    à    rebours    est    terminé !
Résultat : Échec.
Élimination du joueur...
```

— Il reste combien de joueurs ?
— En vous comptant, dix.

Huit. En sachant qu'on devait certainement être environ cinquante au départ.

— Il est arrivé quoi aux autres ?
— Au tour de Camille, beaucoup se sont entre-tués, d'autres se sont enfuis, certains ont été piétinés et les autres sont morts quand leur tour est passé, sinon aucune idée.

Entre-tués ? Pour quoi faire ?

— Et le DJ ?
— C'est qui ?
— Kylian.
— Aucune idée.

Il y eu un craquement, puis l'écran de Charlie changea.

```
Fin de la deuxième manche !
```

— Hein ? Mais, vous avez pas joué, vous, si ?

— Peut-être qu'ils ne font pas tous les joueurs à chaque fois.

Troisième manche

Et merde. Je devais aller chercher Jamie.

CHAPITRE 4
DERNIÈRE MANCHE

Charlie, Sky et moi avions galéré pour trouver l'échelle menant au toit. Sky monta la première, suivie de moi puis de Charlie.

— Regardez, c'est mon tour.

Charlie tourna l'écran de son téléphone.

Arrache les yeux de ton ami(e) !
0:29:57

— Je suis désolé, Sky.

Charlie sortit de son dos un tournevis. Oh non. Je devais trouver Jamie sur le toit, il devait bien être quelque part, non loin. Sky restait pétrifiée. Charlie essaya de l'attraper par le bras, mais elle recula et partit en courant. Mauvaise idée, de courir sur un toit en tuiles incliné. Je la perdis de vue. Après tout, je ne risquais rien, je n'étais pas ami avec Charlie. Ce dernier partit en courant, dans la direction de Sky. Que faire ? Même si je ne la connaissais pas, je ne pouvais pas la laisser mourir comme ça. Je pouvais peut-être trouver Jamie d'abord, et ensuite aider Sky. Je ne voyais plus rien, les seules lumières jusque là étaient celle de la Lune et du téléphone de Charlie.

— Jamie ? appelai-je.

Quelle idée ! Je n'étais même pas armé. J'allais peut-être me faire tuer comme les autres. Quelque chose attrapa mon pied. Je sursautai et poussai un cri de surprise.

— C'est moi !

C'était la voix de Jamie. Je poussai un soupir de soulagement.

— Tu m'as fait peur !
— Je suis totalement en vie, je n'ai pas été dérangé.
— Tant mieux, mais on doit sauver quelqu'un.
— Qui ?
— Sky. Tu as vu le gage de Charlie ?
— Ouais, ça craint. Ils sont où ?
— Sur le toit.
— Merde ! Pourquoi tu me l'as pas dit plus tôt ?!
— Parce que je viens juste de te voir. Un problème ?
— Charlie est un ami.
— Ah, évidemment. Peut-être qu'il va tomber du toit ?
— Peu de chances.
— Tu as toujours le balai ?
— Non, j'arrivais pas à monter l'échelle avec. Tu as rien, toi ?
— Non. Il a un tournevis. On a qu'à se battre.
— Dans le noir ? Risqué.
— Improvisons. On doit trouver Sky.

J'aidai Jamie à se relever.

— Ils sont partis de ce côté, si ils tournent en rond, on va les recroiser.
— Et on fera pas l'erreur de se séparer.
— Surtout pas. Meilleur moyen de se faire tuer.
— C'est clair.

On partit dans le sens inverse de là où étaient passés Sky et Charlie.

— Ils sont peut-être descendus du toit.
— On fait d'abord le tour.

Je n'étais pas très serein sur le toit, mes pieds glissaient par moment. J'entendis des bruits de pas en face de nous. Jamie s'arrêta. Je fis de même. Les bruits de pas s'étaient tus.

— C'est qui ? demandai-je.

OK, ça pouvait paraître con, mais je ne me sentais pas en grand danger. Si c'était Sky, on pouvait descendre du toit et fuir Charlie. Si c'était Charlie, on avait juste à le pousser ou le jeter du toit, et le problème était réglé. En plus, on était deux. Même s'il avait un tournevis.

— Ah, c'est toi.

Je reconnus la voix de Sky. Elle avança jusqu'à nous.

— J'ai trouvé Jamie. On descend du toit ?
— Oui.

On revint sur nos pas. Problème : on ne savait plus où exactement se trouvait l'échelle. On restait près du bord, moi accroupi pour chercher à tâtons le bout de l'échelle.

— C'est là ! chuchotai-je lorsque je touchai un bout métallique.
— Qui y va en premier ? demanda Sky.

Je réfléchis. Je ne pouvais pas laisser l'un d'eux y aller en dernier, car Charlie pouvait revenir à tout moment. Mais c'était aussi risqué de les laisser passer en premiers, parce qu'autant Charlie pouvait être en train de nous attendre en bas, ou pire encore, la créature bizarre qui tuait tout le monde. J'élaborai un plan dans ma tête.

— Jamie, tu as laissé le balai en bas de l'échelle ?
— Oui.
— OK. Jamie, tu y vas en premier. Récupère le balai à côté de l'échelle comme tu sais où il est, ou crie si jamais il y a un problème, on arrivera vite. Sky, tu y vas en deuxième, comme ça, si jamais Charlie vient par le toit, il ne me fera rien.

Il me sembla qu'ils hochèrent tous deux la tête dans l'obscurité. Quoi qu'il en fût, Jamie commença à descendre par l'échelle. Lorsqu'on n'entendit plus le tintement de l'échelle, ce fut le tour de Sky. Puis je descendis en dernier. Je détestais descendre des échelles. Encore plus dans le noir. Non seulement il y avait deux étages à descendre, mais j'avais peur que l'échelle bascule ou que Charlie décide de faire basculer l'échelle d'en haut. Mes mains et mes jambes tremblaient sur les barreaux, mais je réussis tout de même à poser le pied dans l'herbe.

— Tout le monde va bien ?
— Oui, me répondit Jamie.
— Enlevons l'échelle, si jamais Charlie est encore en haut.
— Ce n'est pas un peu cruel ?

Ça me fit réfléchir. On était quand même en cas urgent de survie. Mais d'un autre côté…

— ARRÊTE !!! CHARLIE, S'IL TE PLAÎT !!

Je sursautai. Ça venait de l'intérieur de la maison.

— Allons-y ! chuchota Sky.

On courut vers la lumière qui s'échappait de la porte d'entrée, qu'on ouvrit à la volée. Sky claqua la porte derrière nous, puis on se précipita dans le salon. Charlie était en train de planter et de tournicoter son tournevis dans l'œil de quelqu'un. Sky vomit. Charlie tourna la tête vers nous. Son expression me fit sérieusement flipper. Il affichait un large sourire, yeux grands ouverts, alors que le sang de sa victime lui giclait dans la figure. Il rit, un mélange de soupir de soulagement et de satisfaction.

— J'ai réussi ! J'ai réussi !

L'œil de la victime tomba par terre, et à en juger l'état du sol, c'était le deuxième. Charlie relâcha le corps qui retomba sur le sol. Trop de sang perdu pour que la personne ait survécu. Charlie resta planté au milieu du salon, son tournevis plein de sang gouttait sur le sol. Son expression n'avait pas changé. Il n'y avait personne d'autre autour. Je regardai le téléphone de Jamie.

0:00:00
Le compte à rebours est terminé !
Résultat : Réussite.

— Où sont les autres ? demandai-je à Charlie.

Il me désigna du doigt une partie du salon. Je m'avançai dans la pièce pour apercevoir ce qu'il montrait. Je reculai brutalement lorsque je vis des corps entassés ensanglantés, des mouches tourbillonnant autour. Je percutai le dos de Sky, toujours occupée à vomir par terre.

— Désolé, dis-je en me retournant.
— Elie.

C'était Jamie. Il me montra son téléphone.

Au tour de Jamie !

Il ne restait que deux participants, de toute manière. Les seules personnes qui pouvaient mourir étaient Jamie et Charlie, à moins que…

Tue tout le monde dans la maison !
0:29:58

Merde alors ! Je regardai mon meilleur ami dans les yeux. Il avait l'air aussi paniqué que moi.

— Tu vas le faire ?

— J'en sais rien, j'ai jamais tué qui que ce soit et j'ai pas envie non plus !

— Mais…tu vas mourir.

— Où est Tess ?

J'avais réussi à ne plus y penser pendant des minutes. Comment le lui dire ? Mes yeux se remplirent de larmes.

— Elle est morte…devant la maison.

Ça lui fit un choc, mais il ne pleura pas. Il s'y attendait.

— Sky, ça va ?

Elle avait arrêté de vomir pour nous regarder.

— Non.

Soudain, Charlie se mit à courir vers nous, armé de son tournevis.

— Qu'est-ce que tu fous ? lâcha Jamie.

On partit en courant vers la porte d'entrée. Je l'ouvris à la volée. Je ne voyais plus d'autre espoir. Nous pourrions réussir à nous enfuir. Peut-être ? La lumière extérieure avait été éteinte, mais nous courûmes quand même dans l'obscurité. Je pris de grandes enjambées pour ne pas trébucher sur les cadavres. Leurs os craquaient sous mes pieds. Je ne voyais plus rien, je n'étais pas certain que Jamie et Sky me suivaient. La rue me paraissait lointaine. Je distinguais à un moment le visage du monstre de tout à l'heure. Je tendis les bras devant moi pour sentir lorsque je serai arrivé au portail. Il me fallut bien deux minutes pour l'atteindre. Je sentis le métal froid au contact de mes mains. Je cherchai à tâtons la poignée du portillon. Je la trouvai. J'ouvris la porte en grand et sortis dans la rue en courant. Les lampadaires éclairaient l'allée déserte. Je m'arrêtai, me retournai vers le portillon. Sky en sortit. Elle poussa un soupir de soulagement en me voyant.

— On a réussi ?
— Je n'en sais rien. Où est Jamie ?
— J'ai entendu quelqu'un trébucher. Je ne sais pas si c'était lui ou Charlie.
— Je vais appeler des secours, ou la police.

Je sortis mon téléphone de ma poche et l'allumai. Il mit du temps à démarrer. Sky regardait tout autour de nous, essoufflée et sans doute traumatisée par ce qui venait de nous arriver. J'entrai le mot de passe sur mon téléphone puis appelai le 112.

— Veuillez patienter, un opérateur va prendre votre appel…

Je commençai à faire les cents pas.

— Bonsoir, quelle est votre urgence ?
— Bonsoir, euh…il y a une quarantaine de morts… quelqu'un est devenu fou et essaie de tuer mon ami, je ne sais pas si il est encore vivant…on a réussi à sortir de la maison pour aller dans la rue…mais on ne sait pas où…où est mon ami…
— D'accord. Quelle est votre nom ?
— Euh…Romane Sarrel.

— Restez en ligne avec moi, d'accord ? Quelle est l'adresse ?

— Trente rue Party, à Montbonnot Saint Martin.

— Une patrouille est en route. Y a-t-il quelqu'un d'autre avec vous ?

— Oui, elle s'appelle Sky euh…c'est quoi ton nom de famille ?

— Morot.

— Sky Morot.

— Pouvez-vous rester en lieu sûr le temps que la police arrive ?

— Je ne sais pas…on ne connaît aucun voisin et on n'a pas d'autre endroit alentour auquel aller.

— Restez dans la rue et dites-moi si quelque chose se passe.

— D'accord.

Sky s'était assise par terre. On entendit des sirènes au loin. Puis des voitures de police arrivèrent dans la rue.

— La police est arrivée.

— Bien. Bonne soirée.

Je raccrochai tandis que les voitures s'arrêtèrent devant nous. Deux policiers sortirent pour venir nous parler.

— Romane Sarrel et Sky Morot ?

— Oui.

— Police municipale. Que s'est-il passé ?

Sky s'était levée. Elle désigna le portail.

— On faisait une fête, quand nos téléphones ont tous affiché une sorte de jeu avec des gages. Mais ça devenait de plus en plus effrayant et des gens ont commencé à mourir, puis certains sont devenus fous et ont tué tout le monde.

Ils ne semblaient pas vraiment croire à notre histoire. L'agent de police soupira.

— Nous allons y jeter un œil. Vous serez raccompagnés chez vous par la voiture là-bas, d'accord ?

On hocha la tête. Le policier fit signe au conducteur du van de police. Cinq policiers en sortirent. Les sept agents se dirigèrent vers le portillon, lampe torche en main. Je regardai discrètement par le portillon. Sol éclairé, on pouvait clairement voir tous les cadavres gisants.

— Mes collègues s'en chargent, je vais vous ramener chez vous.

Je tournai la tête vers l'agent de police qui venait de sortir du troisième véhicule.

***

— Elie.

Je me lève d'un bond.

— Quoi ?
— Tout va bien ?

C'est Sky. Elle est assise en tailleurs par terre, près du fauteuil sur lequel j'étais assis plus tôt. Je regarde autour de moi. Je reconnais cet endroit. On est chez Tess, dans le couloir d'entrée.

— Qu'est-ce qu'il s'est passé ?

Sky me regarde bizarrement, mais pas pour me juger. C'est un regard inquiet. Elle se lève et me prend la main. Elle est encore en déguisement de *Max Mayfield*.

— On est à la fête de Tess, tu t'es endormi. Tu as oublié ?

Je regarde par l'ouverture du salon. Les mêmes invités. Mêmes déguisements. Les gens dansent sur la musique du même DJ Kylian, qui me regarde avec un large sourire. Pourtant, il ne me semble pas connaître Sky, de base ? Et il ne me semble pas être assez proche d'elle pour qu'elle me tienne la main. Tess surgit du salon.

— Elie ! Je te cherchais ! Sky, tu es aussi là !
— Tess ?
— Oui ?
— Non rien.

Elle me regarde bizarrement, elle aussi.

— Bon, on va s'amuser ?
— Ouais, on arrive tout de suite.

Sky attend que Tess reparte dans le salon.

— Tu es sûr que ça va ? Tu as l'air un peu…pâle. Envie de vomir ?
— Ça va, j'ai dû faire un mauvais rêve.
— Bon, allons-y, ça passera peut-être.
— Ouais.

Elle m'entraîne dans le salon. On croise Charlie. Il a l'air… normal. On croise même Loïs. On rejoint Tess qui danse au milieu des invités.

— Où est Jamie ? je lui demande.
— C'est qui ?
— Tu es bourrée ?
— La soirée vient de commencer, comment je pourrais ?

Je me tourne vers Sky.

— Est-ce que tu sais où est Jamie ?
— Euh…je vois pas qui c'est. Pourquoi ? C'est qui ?
— Mon meilleur ami.
— Tu ne m'en as jamais parlé. Il pouvait peut-être pas venir ? Tu devrais me le présenter, un jour !
— Ouais…

C'est bizarre. Très bizarre. Le DJ me fixe toujours, de la même expression qu'avait Charlie quand il venait d'arracher les yeux de quelqu'un. Je dois sûrement être en plein rêve, c'est pas possible ! Sky m'attrape le bras.

— Tu peux me le dire quand quelque chose ne va pas, tu sais ? Je suis là pour toi.

— J'ai la tête qui tourne.
— Migraine ?
— Non, je crois pas.
— Crise d'angoisse ?
— Comment tu sais tout ce que je peux avoir ?
— Elie, comment je pourrais ne pas savoir ?

Je crois que je commence à comprendre. Soudain, la musique s'arrête. Les gens sortent leur téléphone. Tous les yeux sont fixés sur les écrans. Je sors aussi le mien.

Bonsoir, Elie. Bon retour parmi nous ;)

Le message disparaît instantanément.

Bienvenue. Veuillez appuyer sur le bouton « Start ».

Non, pas encore ! Impossible !

FIN

Remerciements

Un grand merci à tous ceux qui m'ont inspiré ces histoires, ceux qui voulaient que j'écrive des romans policiers, et ceux pour qui j'ai écrit ces histoires.

Je remercie mon père sans qui mes livres n'auraient pas pu être publiés, et qui m'a encouragé à publier un recueil de nouvelles.

Merci à tous ceux qui me soutiennent et lisent mes livres.

Composition et mise en page : Elvan Sabatier